인생은 롤러코스터와 같다
인생은 오르막과 내리막이 있다
공포에 질려서 비명을 지르든지,
아니면 타는 것을 즐기든지
당신의 선택이다

미셸 로드리게스 Michelle Rodriguez

당신의 고민을 들어드립니다

당신의 고민을 들어드립니다

조영표 지음

지식인하우스

당신의
감정 쓰레기통이
되어 줄게요

당신의 핸드폰에는 몇 개의 연락처가 있나요? 100개? 200개? 그것도 아니면 300개 이상? 그럼 누군가와 고민을 나누고 싶은 밤, 그 연락처를 한번 훑어보세요. 지금 전화한다면 당신의 고민을 들어 줄 사람이 몇이나 되는지.

저는 원래 고민이 많은 사람은 아니었어요. 하지만 성인이 되면서 그저 잔잔히 흘러가는 인생은 없다는 사실을 알게 되었죠. 그때 깨달았습니다. 수백 개의 연락처 중 내 방황을 품어 줄 연락처가 단 하나도 없었다는 사실을.

기나긴 방황의 시간을 보내며 수많은 고민의 답을 하나씩 찾아가다 보니, 어느새 20대를 지나 30대 중반을 향해 가고 있었어요. 저는 천천히 답을 찾아가고 있었지만 여전히 많은 사람이 답을 찾지 못해 방황하고 있었죠. 마치 20대의 저를 보는 것 같았습니다.

　'단 한 명이라도 고민을 털어놓을 사람이 있다면 얼마나 좋을까?'

　이 책은 그때의 저처럼 이야기를 들어 줄 '단 한 사람'이 없어 뜬눈으로 밤을 지새는 당신을 위해 썼어요. 온라인으로 받았던 '고민우체통'에 도착한 수백 개의 사연 중 44개를 뽑아 1부에는 '인생'에 관한 고민을, 2부에는 '인간관계'에 관한 고민, 3부에는 '사랑'에 관한 고민을 묶었습니다. 고민을 소개하고 그 고민에 대한 나름의 조언을 담았지만, 직접적인 '답'을 담지는 않았어요. 당신에게 내가 찾은 정답을 전하는 역할이 아니라 스스로 답을 찾을 수 있도록 안내하는 친구의 역할이고 싶었거든요.

　세상에 쓸모없는 고민은 없습니다. 아무리 사소한 고민이라도 현명한 답을 찾아낸다면 그건 쓸모 있는 질문이 되죠. 고민하는 삶이란 자기 인생의 항해사가 된다는 말이기도 할 거예요. 자신의 인생이 그저 바람을 따라, 물길을 따라 흘러가게 내버려 둔다면 어디로 향할지 알 수 없습니다. 하지만 스스로 자신의 배의 항해사가 되어 원하는 방향을 끊임없이 고민하고 노를 저어 간다면 결국에는 목표한 곳에 도달하게 될 거라 생각해요.

이 책에 담긴 고민과 비슷한 고민을 하고 있다면 참고하여 자신만의 답을 찾아보고, 관심이 없는 고민이라면 다른 사람들은 어떤 고민을 하고 있는지, 그 고민에 대한 자신만의 답은 무엇인지 스스로 질문을 던져 보는 계기가 된다면 좋겠습니다.

당신 인생의 주인공이 되기를 바랍니다.

오늘 당신의 이야기를 들어 줄 단 한 사람
조영표

Part 3 사랑, 해피 엔딩을 원할 때

에필로그 당신도 누군가의 단 한 사람이 될 수 있습니다

Part 1

인생,
용기가 필요할 때

내일은 우리가 어제로부터
무엇인가 배웠기를 바란다.
_ 존 웨인 John Wayne

#진로 #취업 #직장 #인생이란

# #
꿈을
찾아서

Q 저는 어렸을 때부터 제빵사가 되는 게 꿈이었어요. 하지
만 부모님은 선생님이 되기를 바랐죠. 결국 교대에 입
학했어요. 막상 다니다 보니 공부에 흥미도 안 느껴지고
실습도 점점 힘들어지네요. 제빵사라는 꿈이 자꾸 다시
떠올라요.

**저는 선생님이 되기 싫어 제빵사가 되고 싶은 걸까요?
아니면 정말 제빵사가 제 꿈인 걸까요?**

꿈이란 원래 자주 바뀌기 마련입니다. 배우는 것에 따라, 경험하는 것에 따라, 생각하는 것에 따라 수시로 바뀌곤 하죠. 자신이 원하던 직업을 가지게 돼도 도중에 마음이 바뀌어 다른 직업을 찾아 떠나는 사람도 많습니다. 살면서 누구나 당연히 한 번쯤 하게 되는 고민이 아닐까요?

우리는 학교에서 수많은 지식을 배우게 됩니다. 국어, 영어, 수학 등 수많은 지식을 짧은 시간 안에 머릿속으로 집어넣다 보면 생각이나 고민을 할 시간이 없을 때가 많죠. 때문에 성인이 되어서야 꿈에 대해 질문을 던지기 시작하는 사람들이 많습니다.

사람은 경험에 따라 인생의 방향이 달라질 수 있습니다. 그래서 평생 배우고 고민하는 사람의 꿈은 언제든지 바뀔 수 있죠. 꿈이 바뀌는 것은 문제가 되지 않아요. 문제가 되는 것은 꿈의 정의를 잘못 이해하고 있다는 사실입니다.

흔히 '꿈'을 '직업'이라 생각합니다. 그래서 자신이 원하던 직업을 가졌을 때 꿈을 이뤘다고 생각하고, 자신이 원하던 직업을 가지지 못했을 때 꿈을 이루지 못했다고 생각하게 되죠. 하지만 '직업'이 '꿈'이 되어서는 안 됩니다. 꿈꾸던 직업을 가졌다고 만족스러운 삶을 살게 되는 것도 아니고, 행복한 삶이 보장되는 것도 아니기 때문이죠. 만약 직업을 꿈으로 가지고 있다가 중간에 꿈이 바뀌기라도 하면 자신의 정체성을 잃어버리게 될지도 모릅니다.

직업은 꿈을 이루는 하나의 도구이자 내가 살아가고 싶은 모습이라고 생각해야 합니다. 어릴 적 꿈이었던 제빵사가 된다고 하더라도 내가 상상하던 제빵사의 모습과는 다른 모습을 마주하게 될 수도 있어요. 미래에 내가 어떤 모습으로 살아가고 싶은지 상상했을 때 머릿속에 떠오르는 모습이 바로 꿈이죠. 이렇게 생각하면, 어떤 직업을 가지는지는 상관이 없어집니다. 내가 원하는 모습으로만 살아가고 있다면 충분히 행복할 수 있거든요.

"실패에서는 언제나 배울 것이 있다"

주변을 돌아보면 처음부터 자신이 원하던 직업을 가진

사람들이 있습니다. 하지만 그런 사람은 소수에 불과하죠. 대부분의 사람은 다양한 직업을 경험하며 자신이 원하는 일을 찾아가게 마련입니다. 선생님이라는 직업이 잘 맞을지 제빵사라는 직업이 잘 맞을지, 당신의 미래는 아무도 알 수 없어요. 실패가 두려워 선택을 망설이기만 하면 지금과 달라지는 건 아무것도 없습니다.

몇 번 실패한다고 인생이 무너지지는 않아요. 대신 실패는 언제나 배움을 남깁니다. 과정에서 무언가 배운 것이 있다면 만약 실패로 끝났다고 하더라도 선택 자체가 실패했다고 말할 수는 없을 겁니다. 목표를 향해 나아가는 과정 또한 인생의 한 부분이기 때문이죠.

꿈은 언제든 바뀔 수 있어요. 당신이 보고 경험하는 것에 따라 살아가고 싶은 인생의 모습 또한 바뀔 수 있기 때문이죠. 미래는 알 수 없어요. 그러니 중요한 것은 '지금 당신이 무엇을 가장 하고 싶은지'가 아닐까요?

\#
좋아하는
일을 하면
행복할까

Q 저는 이삿짐센터에서 일하고 있습니다. 몸 쓰는 일도 잘 맞고, 청소나 정리 같은 것도 좋아해서 이 직장을 선택하게 되었어요. 하지만 이 일이 재미있다거나 오랫동안 하고 싶은 일이라는 생각은 들지 않습니다.

그러다 용돈이나 더 벌자는 생각에 엑스트라 아르바이트를 하게 되었습니다. 가볍게 시작했지만 현장에서 배우들 연기를 보니, 처음으로 해보고 싶은 일을 찾았다는 생각이 들었어요. 하지만 쉽지 않다는 것도 압니다.

저는 좋아하는 일을 시작해도 되는 걸까요, 아니면 지금 잘하고 있는 이삿짐센터 일을 계속하는 게 좋을까요?

평생 자신이 하고 싶은 일이 무엇인지 찾지 못하는 사람들도 있습니다. 자신이 좋아하는 일, 도전해 보고 싶은 일을 찾았다는 것만으로도 축하 받을 일이라고 생각합니다. 생각보다 스스로의 선택에 확신을 가진 사람은 많지 않거든요.

살다 보면 누구나 '좋아하는 일을 선택해야 할까? 아니면 잘하는 일을 선택해야 할까?' 하는 고민을 합니다. 요즘에는 여기에 더해 '안정적인 일'이라는 선택지도 추가됐죠.

좋아하는 일을 선택하면 즐기며 일할 수 있다는 것이 가장 큰 장점이 될 겁니다. 좋아하는 것도 일이 되면 힘들다는 말이 있지만, 하기 싫은 일을 하는 것에 비하면 훨씬 즐겁게 일할 수 있죠. 우리는 하루 중 일을 하는 데 가장 많은 시간을 투자합니다. 그러니 일하는 시간이 즐거워지는 것만으로도 삶의 질이 올라갈 수 있죠. 하지만 좋아하는 일이라고 다 잘하게 되는 것은 아닙니다. 좋아하더라도 성과가 나지 않거나 돈이 너무 안 된다면 결국 포기할 수밖에 없게 됩니다.

반면, 잘하는 일은 일하기 수월한 것이 장점입니다. 잘

하는 일이니 돈을 버는 데도 큰 문제가 없을 확률이 높죠. 그럼에도 잘하는 일을 선뜻 선택하지 못하는 이유는 여러 가지가 있습니다. 일에서 즐거움이나 보람을 느끼지 못하거나, 자신이 하는 일에 확신이 없거나, 급여가 적다던가 하는 불안정적인 부분들이 가장 많은 이유를 차지할 겁니다. 그래서 요즘은 공무원 같은 안정적인 일을 선택하는 사람이 늘고 있습니다. 직장이 안정적이니 돈에 대한 걱정이 없고, 그로 인해 자신이 하고 싶은 일을 마음껏 즐길 수 있는 거죠.

이렇게만 보면 안정적인 일을 선택하는 것이 정답인 것처럼 보이기도 합니다. 하지만 사람은 제각기 다른 성향을 가지고 있고, 서로 다른 환경에서 살아갑니다. 누군가에게는 정답이라고 할 수 있는 것도 다른 누군가에게는 오답이 될 수도 있죠.

그렇다면 좋아하는 일, 잘하는 일, 그리고 안정적인 일 중 어떤 일을 선택하는 것이 현명한 선택일까요? 저는 '좋아하는 일'을 선택했습니다. 책 읽는 게 좋아서 매일 책을 읽고 글을 쓰죠. 누군가에게 조금이라도 도움이 되는 사람이 되고 싶어 고민 상담도 하고 있습니다. 그래서 사실제가 하는 일 중에는 돈이 안 되는 일이 많아요. 하지만 수입만 생각했다면 절대 좋아하는 일을 선택할 수 없었을 겁니다.

어쩌면 모든 선택지는 이어져 있을지도 모릅니다. 잘하다 보면 좋아하게 되는 일도 있고, 좋아서 하다 보니 잘하게 되는 일도 있게 마련이죠. 안정적인 부분에 매력을 느껴 시작했지만 좋아하는 일이 되는 경우도 있을 수 있구요. 혹은 잘하는 일을 하다 보니 안정적인 일자리가 되는 경우도 있어요.

결국 좋아하는 일, 잘하는 일, 안정적인 일 중 무엇이 정답인지는 아무도 모릅니다. 그러니 정답을 찾으려 고민하기보다는 후회가 남지 않을 선택을 하기 위해 노력하세요. 어쩌면 정답은 당신의 '선택'이 아니라, 당신의 '노력'에 달렸을지도 모릅니다.

# #
소질도 없고
재능도 없는
나

Q 저는 요즘 너무 무기력하게 살고 있습니다. 제 삶을 돌아보며 무엇 하나 진득하게 열정을 쏟아 본 적도 없고, 가진 재능에 비해 바라는 게 많다는 사실도 인정하게 되었습니다. 결국 조금이나마 남아 있던 자존감마저 모두 사라지고 말았습니다. 소질도, 재능도 없고, 심지어 끈기도 없다며 스스로 비난만 하게 됩니다. 아무것도 해보지 않은 건 아니지만, 끈기가 없어 모두 쉽지 않은 일이었습니다.

이런 저의 자존감을 되살릴 방법이 있을까요?

한국 사회는 자존감을 잃기 쉬운 사회입니다. 1등만 인정하는 사회, 과정이 아닌 결과를 중요하게 생각하는 사회이기 때문입니다. 당장 SNS에서만도 성공한 사람, 나보다 돈이 많은 사람, 나보다 여유가 많은 사람을 쉽게 발견할 수 있습니다. 항상 나보다 나은 사람과 비교한다면 자존감을 잃는 건 당연할지도 모릅니다.

그렇다면, 자존감이란 무엇일까요? 간단하게 말하자면 '자신을 존중하고 사랑하는 마음'이라고 할 수 있습니다. 흔히 자기 자신을 존중하고 사랑할 줄 아는 사람들을 자존감이 높은 사람이라고 이야기하죠.

자존감이 낮아지는 이유는 크게 두 가지입니다. 첫 번째는 나를 남들과 비교하기 때문입니다. 수시로 방송과 SNS를 통해 나보다 가진 것이 많은 사람과 나 자신을 끊임없이 비교하곤 하죠. 두 번째는 잦은 실패를 경험하기 때문입니다. 시험에 떨어지고, 취업에 실패하고, 경쟁에서 밀리다 보면 '나는 안 되나'라는 생각을 가지게 됩니다. 이런 부정적인 생각은 또 다른 부정적인 감정을 유발하고, 계속되는 부정적 감정은 끊임없이 자존감을 갉아먹죠.

모든 원인을 내 탓으로만 돌리다 보면 당연히 자신을 존중하고 사랑할 수 없게 됩니다. 자존감은 학습되는 것이기 때문이죠. 그렇다면 자존감이 낮아졌을 때는 어떻게 해야 할까요? 가장 쉬운 방법은 '나도 할 수 있다'라는 자신감을 기르는 겁니다. 그럼 자신감을 기르는 방법에 대해 알아봅시다.

1. 아주 작은 목표 설정하기

자신감을 높이기 위해 가장 먼저 해야 할 일은 '아주 작은 목표'를 설정하는 일입니다. 사람들은 대부분 목표는 크면 클수록 좋다고 생각합니다. 하지만 자존감이 낮아진 상태에서는 목표를 크게 잡는 것이 오히려 독이 될 수도 있어요. 큰 목표는 실패할 확률이 더 높기 때문이죠. 아주 작은 목표를 설정하는 이유는 '나도 할 수 있다'는 자신감을 길러주기 위함입니다. '팔굽혀펴기 1회' '책 1쪽 읽기' '5분 걷기'처럼 아주 쉽게 달성할 수 있는 목표를 설정하세요. 만약 실패한다고 해도 문제는 없습니다. 조금 더 작은 목표를 세우면 되기 때문이죠.

2. 잦은 성공 경험하기

자신감을 기르기 위해서는 '잦은 성공 경험'이 필요합니다. 자존감이 높은 사람들은 대부분 많은 성공 경험을 가지고 있습니다. 실패의 경험도 있겠지만 성공의 경험이 더 많기 때문에 실패한다 해도 '나는 할 수 있다'라는 자신감을 잃지 않는 거죠. 1번에서 아주 작은 목표 설정하기를 잘 했다면 성공을 경험하는 것도 쉽습니다. 예를 들어 '매일 팔굽혀펴기 30회'는 어렵지만 '매일 팔굽혀펴기 1회'는 쉬운 것과 마찬가지입니다. 아무것도 아닌 것 같지만 팔굽혀펴기 1회라는 목표를 반복해서 달성하다 보면 머지않아 팔굽혀펴기 2회도 할 수 있을 거라는 생각이 드는 거죠.

이렇게 아주 작은 목표를 설정하고, 쉽게 달성하며 잦은 성공을 경험하다 보면 '나도 할 수 있구나' 하는 자신감이 붙습니다. 아주 작은 성공 경험이라고 하더라도 반복된 실패를 경험한 사람들에게는 큰 힘이 되죠. 사소하다고 무시하지 말고 직접 한번 해보세요. 아주 작은 목표는 마음대로 정해도 좋습니다. 말 그대로 정말 아주 작으면 되거든요.

3. 과거의 나와 비교하기

자존감이 낮아지는 이유 중 하나는 남들과 자신을 비교하기 때문입니다. 자존감이 아무리 높은 사람이라도, 주변에 자기보다 잘난 사람만 있다면 자존감이 낮아질 수 있어요.

이럴 때는 우선 환경을 바꿔야 합니다. 남들을 보면 무의식적으로 자신과 비교하게 되니 최대한 차단해 주는 것이 좋습니다. 방송을 골라서 보고, SNS를 삭제하고, 자기 자랑을 하는 사람보다는 나를 응원해 주는 사람을 만나세요. 그다음은 비교 대상을 상대방이 아닌 자기 자신으로 바꾸는 겁니다.

아주 작은 목표를 설정하고 잦은 성공 경험을 하다 보면 어제의 나보다 더 나은 오늘의 나를 발견하게 됩니다. 과거의 나와 오늘의 나를 비교한다면 시기나 질투보다는 '오늘의 나'를 응원하는 마음을 가지게 되죠. 어제의 나보다 오늘의 내가 더 좋다면, 내일의 나는 더욱 기대될 겁니다.

당신을 더 사랑하고, 더 응원해 주세요. 지치지 않고 끊임없이 당신을 응원해 줄 수 있는 사람은 당신뿐이라는 걸 잊지 마세요.

# #
너무
어려운
한 우물 파기

제 고민은 어떤 일이든 너무 금방 질린다는 것입니다. 그러다 보니 자주 이직을 하게 되고, 이직을 많이 하다 보니 쌓이는 능력은 없고, 능력이 없다 보니 가진 것 하나 없는 상황이 되었습니다. 이제는 육체적 한계 때문인지 더더욱 무엇 하나 꾸준히 하기가 어렵습니다.

이런 저는 어떻게 하면 좋을까요?

A 이런 고민은 나이와 관계없이 누구나 한 번쯤 하게 되는 고민이 아닌가 싶습니다. 어린 시절부터 자신의 길을 찾아 한 우물만 파는 사람들이 있죠. 하지만 대부분의 사람은 다양한 일을 경험하며 자신만의 길을 찾아 나갑니다. 사람마다 성향이 다르고 살아가는 환경이 다르기 때문에 무엇이 정답이라고 할 수는 없을 것 같네요.

『모든 것이 되는 법』의 저자인 에밀리 와프닉은 새로운 분야에 빠져들면 처음에는 완벽히 몰두했다고 합니다. 하지만 일에 어느 정도 능숙해지면 늘 따분함을 느꼈죠. 그런 그의 직업은 커리어 코치이자 강연자이자 블로거였습니다. 또한 뮤지션이자 디자이너, 법학도와 영화인의 길을 지그재그로 걸었죠.

그는 자신처럼 관심사와 창의적인 활동 분야가 다양한 사람들을 '다능인'이라 부르기 시작했습니다. 전문가가 한 가지 분야에서 뛰어난 성과를 내는 사람인데 반해, 다능인은 다양한 영역을 혼합하고 그 교차점에서 활동한다고 주장합니다. 이를 통해 다양한 분야 간의 관계성에 대해 더 깊은 수준의 지식을 성취하는 것이 다능인들만의 전문

성이라고 말하고 있죠.

다양한 일을 경험하며 당신에게 진정으로 맞는 일을 찾게 된다면, 그때부터는 지루함을 느낄 틈 없이 열심히 달리게 될지도 모릅니다. 물론 그 일이 한 우물을 파는 일이될 수도 있고, 여러 우물을 동시에 파는 일이 될 수도 있겠죠. 또는 세상에 존재하지 않는 일이 될지도 모릅니다. 남들의 기준에 맞춰 당신의 인생을 재단할 필요는 없지 않을까요?

"인생에는 다양한 길이 있다"

다시 질문으로 돌아가, 끈기가 없는 사람도 얼마든지 끈기를 기를 수 있는 방법 두 가지를 알려 드리겠습니다.

첫 번째 방법은 일을 재미있게 만드는 겁니다. 끈기가 없는 사람은 어떤 일이든 금세 지루함을 느끼곤 하죠. 금세 지루함을 느끼는 이유는 일에 빨리 익숙해져 더 이상 새로울 것이 없거나, 관심이 없는 일이거나, 일의 난이도가 너무 높아 시작할 때부터 의욕이 생기지 않기 때문입니다. 이럴 때는 일이 익숙해질 때마다 새로운 목표를 만들거나, 관심이 생기는 일을 하거나, 일의 난이도를 적절하게 조절해야 합니다. 피할 수 없다면 즐길 수 있는 방법을 찾아야겠죠?

두 번째 방법은 질리지 않는 일을 찾는 겁니다. 저 역시 학창 시절에는 끈기가 없다는 말을 자주 들었어요. 하지만 지금은 "어떻게 그렇게 꾸준히 할 수 있어요?"라는 질문을 많이 받습니다. 한 가지 일을 꾸준히 할 수 있었던 이유는 더 이상 질리지 않는 일을 찾았기 때문이라고 할 수 있어요. 배워야 할 것이 많은 일이었고, 배우면 배울수록 결과가 좋아지니 지루할 틈이 없었죠. 이렇게 자신의 성향에 맞는 일을 찾는 것만으로도 자연스럽게 끈기를 기를 수 있었습니다.

남에게 휘둘리지 않는 삶을 살기 위해서는 나만의 길을 찾아야 해요. 남들이 어떻게 사는지 살펴보는 것도 좋지만, 그보다 더 중요한 것은 나만의 길에 집중하는 일이에요. 신나게 몰두할 수 있는 나만의 길, 나만의 방법을 찾아보세요.

# #
매번
실패하는
이유

Q 저는 살면서 성공을 경험해 본 적이 거의 없습니다. 남
들은 쉽게 합격한다는 컴퓨터 자격증 시험도 떨어지고,
수능도 실패해서 원하던 대학에 가지 못하고, 취업도 계
속 실패하고 있습니다. 계속 실패만 하다 보니 무언가를
새로 시작하려는 의지도 사라지고 있습니다. 이대로 영
영 취업이 안 되는 건 아닐까 좌절감도 듭니다.

제 인생은 이렇게 실패한 인생으로 끝나는 마는 걸까요?

사람은 살면서 다양한 실패를 경험합니다. 단 한 번의 실패도 경험하지 않은 사람은 없을 겁니다.

하지만 도전하는 것마다 실패하다 보면 다음에 또 실패할 거라는 생각을 자연스레 가지게 됩니다. 실패도 습관이 된다는 말이 있죠. 실패가 습관이 되지 않는 방법을 찾아야 합니다.

애플이라는 세계적인 기업을 세운 스티브 잡스는 자신이 세운 회사에서 해고를 당하고 맙니다. 이 사건은 잡스의 인생에 있어 '큰 실패'였죠. 하지만 그는 자신이 해고당한 사실을 실패라고 생각하지 않았습니다.

2005년, 잡스는 스탠퍼드 졸업식 축사에서 이런 이야기를 합니다. "당시에는 몰랐지만, 애플에서 잘린 것은 결국 제게 커다란 행운이었습니다. 성공한 사람이 느끼는 중압감 대신 새로 시작하는 초심자의 의욕이 찾아왔으니까요. 저는 자유롭고 해방된 기분으로 마음껏 창의성을 발휘하는 인생의 시기로 들어갔습니다."

이후 잡스는 자신의 돈으로 픽사라는 회사를 인수했고, 영화 「토이 스토리」를 선보이며 다시 한번 실력을 입증해 내고야 맙니다. 결국 애플은 다시 그에게 손짓했고, 잡스는 자신을 해고한 애플로 돌아가 CEO 자리에 앉게 됩니다.

애플이라는 세계적 기업을 세운 사람조차 실패를 경험합니다. 중요한 것은 계속 실패한다고 주눅 드는 게 아니라 '실패에서 무엇을 배웠느냐, 무엇에 초점을 맞춰야 하느냐'입니다.

"누구나 실패를 경험한다"

실패를 자주 경험하는 사람은 실패 자체에 초점을 맞추는 경향이 있습니다. 실패에 초점을 맞추다 보면 자신의 인생을 실패한 인생이라고 생각하게 되고, 무엇을 하든 다음에 또 실패할 거라고 생각하게 되죠.

스티브 잡스는 실패에 초점을 맞추지 않았습니다. 오히려 새로운 기회에 초점을 맞췄죠. 자신이 세운 회사에서 쫓겨났음에도 앞으로 나아가기를 멈추지 않았습니다. 픽사라는 새로운 기회를 발견했고, 그 기회를 성공으로 만들었습니다. 새로운 기회는 언제든 찾아올 수 있고, 지금 이 순간에도 내 곁에 있을지도 모릅니다. 하지만 그 기회를 발견할 수 있는 건 준비된 사람 뿐입니다.

새로운 기회를 찾는 동시에 해야 할 일이 있습니다. 그것은 실패에서 배움을 얻는 일입니다. 누구나 실패할 수 있지만, 누구나 실패에서 배움을 얻지는 못하죠. 하지만 실패에서 배움을 얻을 수 있다면 다음 기회에 더 나은 선택을 할 수 있는 밑거름이 됩니다. 배움을 통해 한 발자국 더 나아갈 수 있고, 멈추지 않고 나아가다 보면 결국 자신이 원하는 것을 얻을 수 있게 되죠.

사실 우리는 태어날 때부터 알고 있습니다. 넘어지면 다칠 수는 있어도 다시 일어나면 그만이라는 사실을 말이죠.

성공만 하는 사람은 없습니다. 마찬가지로 실패만 하는 사람도 없습니다. 모든 사람이 성공과 실패를 반복하며 살아가고 있죠. 하지만 커다란 목표만 바라보고 산다면 그만큼 실패만 반복되는 삶을 살게 될지도 모릅니다. 만약 취업이라는 큰 목표만 보며 나아간다면 성공보다는 실패와 마주하게 될 가능성이 높게 되겠죠. 취업이란 성공할 때보다 실패할 때가 훨씬 많기 때문입니다.

큰 목표를 달성하기 위해서 우선 작은 목표를 달성하는 법부터 연습해 보세요. '자기소개서 완성하기' '서류 전형

통과하기' '1차 면접 합격하기' '2차 면접 합격하기' 등 목표를 세분화해 봅시다. 작은 목표 하나하나에 최선을 다해 나아가다 보면 수많은 성공을 경험할 수 있습니다. 큰 목표를 작게 나누는 것, 그것이 바로 실패를 성공으로 바꾸는 방법입니다.

실패는 언제나 또 다른 기회가 되기도 해요. 취업에 실패해 창업을 했다가 성공한 사람도 있고, 취업이 어려워 다른 일을 찾다가 자신만의 새로운 길을 찾는 사람도 있어요. 그러니 만약 취업에 실패한다고 해도 자신이 실패한 인생이라고 생각할 필요는 없어요. 우리는 취업을 위해서만 사는 게 아니니까요.

\#
공부와 일,
두 마리 토끼
잡는 법

Q 저는 해외에서 유학 생활 중인 학생입니다. 이곳에서 공부하기 위해 어학 점수가 필요해서 열심히 공부했죠. 하지만 매번 점수가 조금씩 부족했어요. 문제는 비자 또한 점점 만료되어 간다는 점이에요. 비자를 연장하려면 성과가 있어야 하는데 어학 성적이 잘 안 나와서 연장이 어려울 수도 있다고 합니다. 금전적인 문제 때문에 공부와 일을 병행하고 있다 보니 둘 다 집중할 수 없는 것 같아요.

이제는 제 목표가 무엇이었는지, 이런 불안한 생활을 언제까지 견뎌야 할지, 추방이라도 당하면 어떻게 할지 등 고민이 너무 많아요.

아무리 열심히 해도 원하는 결과가 나오지 않을 때가 있습니다. '열심히'의 정도는 사람마다 다를 수 있고 그동안 쌓아온 것도 사람마다 다르기 때문에, 똑같은 노력을 해도 결과가 다르게 나오는 경우가 있습니다. 거기에 더하여 고민이 많다면 무엇 하나 집중하기 어려운 게 당연합니다.

예전에 고시 준비를 한 적이 있었어요. 시험을 보기 위해서는 영어 성적이 필요했습니다. 영어 공부를 한 번도 제대로 해본 적 없었기에 공부를 어떻게 해야 하는지도 몰랐던 시기였어요. 그래도 영어 성적이 있어야 시험을 볼 수 있었기에 하루에도 10시간이 넘도록 영어 공부에 매진했습니다. 하지만 투자한 시간에 비해 점수는 쉽게 오르지 않더군요. 고시 준비를 제대로 시작하기도 전에 영어 점수에서 막혀 버린 거예요.

지칠 대로 지쳐 공부에서 손을 놓고 난 다음에야 그동안 잘못된 방법으로 공부하고 있었다는 사실을 깨달았습니다. 이후 다양한 공부 방법을 적용해 보며 나에게 맞는 공부 방법을 찾을 수 있었습니다. 결국 다음 시험에서 원하던 점수를 얻을 수 있었죠.

공부를 잘하는 사람이라고 모두 같은 방법으로 공부하는 것은 아니더군요. 그들은 자신만의 공부 기술을 가지고 있습니다. 열심히 공부하는데도 원하는 성적이 나오지 않는다면, 그때는 공부법을 바꿔야 합니다. 언제나 더 나은 방법은 있기 마련이니 미리 포기하지 말았으면 합니다.

"위기는 기회와 함께 온다"

사람은 누구나 위기를 두려워하게 마련입니다. 위기는 언제나 큰 변화를 가져오기 때문이죠. 위기는 불안감을 유발하고, 예상하지 못한 상황을 불러옵니다. 빠른 시일 내에 원하는 점수가 나오지 않으면 추방을 당할 수 있는 상황은 충분히 위기라고 할 수 있겠네요. 불안감이 커지는 건 당연합니다. 불안감은 집중을 방해하니 원하는 성적을 받기 어려운 것도 자연스러울 수 있습니다.

하지만 위기에는 언제나 기회가 숨어있기 마련입니다. 이런 위기가 오지 않았다면 몇 년이고 잘못된 방법을 고수하며 공부했을지도 모르는 일이 아닐까요. 잘 찾아보면 무엇이 문제인지 알 수 있고, 충분히 문제를 개선할 여지가 있습니다.

어쩌면 다른 기회를 발견할 수도 있습니다. '나는 왜 유학을 왔을까?' '만약 실패하고 한국으로 돌아가면 무얼 해야 할까?' 위기가 오지 않았다면 하지 않았을 고민들이죠. 이런 고민들 때문에 머릿속이 복잡해질 때도 있겠지만, 오히려 가고자 하는 길이 명확해져 의욕과 열정이 되살아날 수 있습니다.

위기 상황에서는 고민을 길게 할 시간이나 여유가 없습니다. '안 되면 어떡하지?'라는 생각보다는 '어떻게 되게 만들까?'를 생각해야 합니다. 방해가 되는 것은 빠르게 치워 버리고 지금 가장 중요한 것에 집중해야만 합니다. 위기를 기회로 만들 수 있을지 여부는 당신의 몫입니다.

사람들은 대부분 위기 상황에서 삶의 목적을 떠올리곤 합니다. 분명한 목표를 가지고 유학을 떠났는데 목표를 이루지 못하고 돌아온다면 길을 잃을 수밖에 없겠죠. 하지만 그렇다고 해서 인생이 거기서 끝나는 건 아닙니다.

사람은 저마다 다른 삶의 목적을 가지고 살아가고 있

죠. 삶의 목적은 태어날 때부터 주어지는 게 아니라 자신의 인생을 살아가며 스스로 정하는 것입니다. 만약 뚜렷한 삶의 목적이 없어도 문제는 없습니다. 앞으로 만들어 나가면 되기 때문이죠.

삶의 목적을 수시로 고민하는 것은 좋은 습관입니다. 그래야 내가 가고자 하는 방향을 잃지 않고 올곧게 나아갈 수 있죠. 지금 당장 무엇을 해야 할지 모르겠다면, 자신 앞에 놓인 가장 중요한 일을 하세요. 뒷일은 그때 가서 생각하면 됩니다. 미래만 걱정하다가는 가장 소중한 현재를 놓칠지도 몰라요.

불안을 가라앉히고, 지금 당장 당신에게 가장 중요한 일은 무엇인지 생각해 봅시다. 세상에 완벽한 인생 계획은 없습니다. 그러니 어떻게 될지도 모르는 미래를 걱정하기보다는 지금 당장을 살아가기 바랍니다.

# #

열정은
어디에서
오는 걸까

Q 고3인 저는 일반적인 수험생들과는 다르게 유학을 준비
했습니다. 쉽지 않은 길이라는 생각에 다른 친구들보다
더 열심히 준비했어요. 하지만 시험에 통과하지 못했죠.
태어나서 처음 경험하는 실패다 보니 큰 좌절감과 회의
감을 느끼고 있어요. 더 큰 문제는 삶의 열정과 의욕을
모두 잃어버렸다는 점이에요.

**삶의 원동력과 열정은 어디에서 오는 걸까요? 앞으로는
어떤 목표를 향해, 무엇을 갈망하며 살아야 할지 모르겠
어요.**

살다 보면 누구나 실패를 경험하고 좌절도 경험합니다. 도전에는 언제나 실패가 따르기 마련이죠. 성공한 사람들은 다른 사람들보다 더 많은 실패를 극복하고 그 자리에 올랐을 겁니다.

일반적으로 실패나 좌절을 경험하면 열정이 식게 마련입니다. 목표를 향해 열심히 노력했지만 달성하지 못했다면 그동안의 노력이 물거품이 된 기분을 느끼게 되기 때문이죠. 다시 앞으로 나아갈 원동력을 상실하고 마는 것도 당연할지 몰라요. 하지만 정말 역설적이게도, 삶의 열정은 결핍에서 옵니다.

저는 중학생 시절, 핸드폰을 가지고 싶어 하루에 10시간씩 아르바이트를 했습니다. 가지고 싶지만 가질 수 없다는 결핍이 열정을 불어넣었던 거죠. 10년이 지난 지금도 열정을 가지고 살아갈 수 있는 이유 역시 결핍 덕분입니다. 공부에 대한 결핍 때문에 끊임없이 책을 읽고, 글쓰기에 대한 결핍 덕분에 끊임없이 글을 쓰고 글쓰기를 공부하고 있습니다.

열정이 사라졌다는 말은 그만큼 결핍이 부족하다는 말과도 같습니다. 시험을 준비할 때는 열정이 가득했지만,

시험에 실패하고 난 뒤 열정이 사라진 이유는 한 번에 합격해야 한다는 생각을 가지고 있었기 때문일 겁니다. 더 이상 시험에 대한 결핍이 없다면 열정이 다시 살아날 리만무하겠죠.

열정을 되살리고 싶을 때는 자신이 가장 결핍을 느끼는 것이 무엇인지 생각해 봐야 합니다. 내 안의 결핍을 찾아내고 명확한 목표를 정한다면 열정은 자연스럽게 다시 솟아나기 시작할 거예요.

시험에서 실패했다고 좌절할 필요는 없습니다. 누구나 실패할 수 있거든요. 이미 한 실패를 되돌릴 수는 없죠. 그렇다면 남는 선택은 두 가지입니다. 일어서서 앞으로 나아가느냐, 아니면 그 자리에 주저앉아 포기하느냐.

정말 위험한 사람은 단 한 번도 실패해 보지 않은 사람이라는 걸 잊지 마세요. 실패를 경험한 사람이 다시 일어나는 법도 아는 법입니다. 하지만 한 번도 실패하지 않은 사람은 넘어지면 어떻게 일어나야 하는지 모르죠. 그래서 실패를 두려워하는 겁니다. 진정한 의미의 실패는 넘어졌을 때 일어서기를 포기하는 것을 의미합니다.

실패해도 괜찮습니다. 실패의 여부는 중요하지 않아요. 이미 지나간 사건은 되돌릴 수 없기 때문이죠. 그러니 과거는 잊고, 이제는 지금 당신 앞에 놓인 선택지에 집중하기 바랍니다.

# #

공부'만'
해도
되는 건지

Q 저는 스무 살이 되기 전까지 운동을 했습니다. 하지만 부상 때문에 그만둘 수밖에 없었어요. 그 후에는 다른 친구들처럼 학업에 전념하기 시작했습니다. 운동할 때 공부에서 완전히 손을 놓았던 터라, 쭉 공부를 하던 친구들을 따라잡기가 쉽지는 않습니다. 그래도 지금은 최선을 다해 공부하고 있어요.

문제는 앞으로 무엇을 해야 할지 모르겠다는 점입니다. 운동만 생각하며 살아왔는데 그걸 그만두니 미래가 막막해졌습니다. 이대로 공부만 열심히 하면 되는 건지도 모르겠어요.

운동선수 생활을 하다가 그만두게 되면 방황하는 사람들이 많습니다. 자신의 의지로 다른 길을 선택한다면 고민이 덜할지도 모르지만, 자신의 의지와 상관없이 다른 길을 선택해야만 한다면 고민이 많을 수밖에 없겠죠.

한때, 공부만 열심히 하면 되는 시대가 있었습니다. 열심히 공부하면 좋은 대학에 들어갈 수 있었고, 좋은 대학에 들어가면 취업이 보장됐습니다. 하지만 무난하게 회사에 다닌 사람들이 은퇴 후에 할 수 있는 일은 많지 않았죠. 회사에서 배운 일은 회사 밖에서는 큰 도움이 되지 않았어요. 혼자 일해 본 경험이 없는 사람들은 프랜차이즈처럼 교육도 해주고, 장사 준비까지 모두 도와주는 일을 할 수밖에 없었습니다. 과연 그 사람들 중에 자리를 잡은 사람은 얼마나 될까요?

만약 공부를 정말 좋아한다면 공부만 해도 됩니다. 자신이 좋아하는 공부를 열심히 해서 학위를 받고 교수가 되거나, 연구원이 돼서 공부를 이어 나가는 방법이 있겠죠.
하지만 공부를 좋아하는 건 아닌데 할 수 있는 게 공부밖에 없어서 하는 것은 최선의 선택이 아닐 겁니다. 열심히 하는 사람은 좋아서 하는 사람을 이길 수 없다고 했습니다. 어쩔 수 없이 공부를 선택했다면 더더욱 공부만 해서는 안 됩니다. 공부를 해 두면 더욱 다양한 기회를 얻을 수 있는 건 사실입니다. 하지만 공부만 열심히 한다고 자신의 길을 찾을 수 있는 것도 아니죠.

"끊임없이 질문을 던지자"

살다 보면 수많은 질문과 마주하게 됩니다. 하지만 질문과 마주해 끊임없이 답을 찾아가는 사람이 있고, 질문을 무시하며 살아가는 사람이 있죠.

저는 성인이 되어서야 스스로에게 질문을 던지기 시작했습니다. '나는 왜 대학에 왔을까?' '나는 왜 기계 공학을 전공으로 선택했을까?' '내 꿈은 무엇일까?' '내가 좋아하는 일은 무엇일까?' 뒤늦게 많은 질문을 던졌고, 덕분에 20대 초반은 방황의 연속이었습니다.

그러다 질문에 대한 답은 하나도 찾지 못한 상태로 입대 영장을 받았습니다. 그때부터 수많은 질문에 대한 답을 스스로 찾기 위해 안 읽던 책을 읽기 시작했습니다. 근무 중 2시간씩 보초를 설 때면 끊임없이 스스로에게 질문을 던지고 스스로 답하기를 반복했어요.

제가 하고 싶은 일은 누군가에게 도움이 되는 일이었어요. 방황하던 시기가 한몫했죠. 도움이 정말 필요했던 시기에 내 손 하나 내밀 곳이 없더라고요. 그래서 앞으로는 그런 사람들의 손을 잡아 주는 역할을 하고 싶었습니다. 전역 후에는 학교 후배들의 고민을 들어 주기 시작했습니다.

주변 사람들 외에도 도움을 줄 수 있는 사람들이 있을 거라는 생각에 온라인으로도 고민 상담을 시작했습니다. '고민우체통' 운영이 그렇게 시작되었죠. 처음에는 모르는 사람에게 고민을 보내는 사람이 있을까 싶었습니다. 하지만 예상은 보기 좋게 빗나갔습니다. 혼자서만 고민하는 사람이 정말 많았습니다. 전혀 모르는 사람인 내게 자신의 고민을 털어놓는 사람도 정말 많았고요. 그렇게 약 1년 동안 수백 건의 고민 상담을 진행했습니다.

저는 끊임없이 스스로에게 질문을 던졌습니다. 그리고

다른 사람들의 고민을 상담해 주며 나만의 답을 찾기 위해 애썼죠. 그래서 지금도 그 길을 열심히 걷고 있는 중입니다. 인생은 원래 질문 투성일 수밖에 없어요. 하지만 그 질문에 대한 대답이 결국 내가 걸어야 할 길을 밝혀 줄 겁니다.

물론 자신의 길을 찾았다고 모든 일이 술술 풀리는 건 아닐 겁니다. 길을 찾는 것과 그 길을 걷는 것이 전혀 다른 일일 수도 있고요. 수많은 길 중에 단 하나의 길만 선택해야 한다면 고민이 되는 게 당연하겠죠. 하지만 그렇다고 해서 딱 하나의 길만 선택할 필요는 없지 않을까요? 직장에 다니며 글을 써서 작가가 되는 사람도 있고, 운동선수를 하다 방송인이 되는 사람도 있는 걸 보면요.

아직 자신의 길을 찾지 못했다면 지금 걷고 있는 길을 열심히 걸으며 찾아도 됩니다. 고민만 해서 달라지는 것은 아무것도 없기 때문이죠. 때로는 열심히 걷다 보면 길이 보이기도 하는 게 인생 같아요. 아무것도 안 하는 것보다는 뭐라도 열심히 하는 게 나아요. 당신 손에 잡힌 일을 열심히 하고, 끊임없이 스스로에게 질문을 던진다면 분명히 당신만의 길을 발견하게 될 겁니다. 물론 어떤 선택을 하든 좋아하는 것은 절대 손에서 놓지 않는 것도 중요합니다. 분명히 언젠가 한 번의 기회는 오게 마련이라는 점을 잊지 마세요.

# #
열심히 살았는데
나만
직장 없어

Q 20대 후반의 취준생입니다. 금융권에 취업하려고 열심히 준비했지만 서류와 면접에서 매번 탈락했어요. 흔히 금융권 취업은 바늘구멍을 통과하는 것보다 어렵다고 이야기합니다. 과연 그 바늘구멍을 제가 통과할 수 있을지 확신이 서지 않습니다. 더 걱정이 되는 것은 20대 후반이라는 나이에도 전문적인 지식이나 경험이 전혀 없다는 점입니다.

지금까지 나름 열심히 살아왔는데 제게는 왜 남은 게 아무것도 없을까요? 이대로 계속 취업 준비만 해도 괜찮은 걸까요?

학교는 공부를 하는 곳이지 업무 능력을 기르거나 업무 경험을 쌓는 곳은 아닙니다. 취직해서 일해 본 경험이 없다면 업무 경험이 없는 게 당연합니다. 물론 기업에서는 그렇게 생각하지 않지만 말이죠.

취업이 점점 힘들어지는 시대입니다. 대학을 나와도, 심지어 대학원을 나와도 취업이 어려운 경우가 더 많죠. 그중에서도 금융권은 취업이 특히 어려운 직종 중 하나입니다. 지원하는 사람도 많고, 준비하는 데도 많은 시간과 노력이 필요하기 때문이죠.

자신이 걷는 길에 확신이 들지 않는 이유는 무엇이 있을까요? 그 이유는 그 길을 걸어야만 하는 명확한 이유를 알지 못하기 때문입니다. 그저 남들이 좋다고 하니 따라 걸을 뿐입니다. '나는 왜 그 길을 가려 할까?' 스스로에게 질문을 던져 봅시다. 그리고 솔직하게 대답해 보세요. 그래야 어느 길을 걸을지 확실하게 정할 수 있어요.

세상에는 무수히 많은 길이 존재합니다. 살면서 단 하나의 길만 걸어야 할 필요도 없고요. 어떤 길이든 자신이 가고자 하는 길이 있다면, 그 길이 당신의 길이 되는 겁니다.

"내가 걸어온 길이 나만의 길이 된다"

저는 대학을 다닐 때 기계 공학을 전공했습니다. 하지만 직업은 전공과 무관한 영업직을 선택했죠. 영업에 관심도 많았고 일한 만큼 인정받을 수 있는 일을 하고 싶었기 때문이었어요. 어떻게 일하든 정해진 월급을 주는 일반 직장과 달리, 영업직은 성과를 낸 만큼만 보상을 받을 수 있는 게 매력적으로 느껴졌죠.

관심이 많고, 하고 싶은 일이었던 만큼 잘하고 싶었어요. 출근 시간은 8시 반이었지만 매일 아침 6시에 출근했습니다. 남들보다 일찍 출근해 매일 2시간씩 일에 관련된 공부를 했어요. 세일즈와 마케팅에 관한 책을 읽고, 남들은 있는지도 모르는 회사 교육 자료를 찾아 공부했습니다. 당연히 빠르게 성과가 나기 시작했죠. 열심히 할수록 실력이 늘었고, 성과는 꾸준히 쌓여 갔습니다. 회사 동료들과도 관계가 좋아 일하는 데도 문제가 없었습니다. 하지만 모든 것이 좋지만은 않더라고요.

어느 순간부터는 회사가 원하는 상품의 가치와 내가 원하는 상품의 가치에 차이가 생기기 시작했습니다. 그 차이는 개인의 노력으로 메꿀 수 없는 영역이었죠. 결국 얼마 후 회사에 사직서를 내고야 말았습니다.

일을 그만 둘 때도 다음 계획은 없었습니다. 그저 한 달만 쉬자는 생각뿐이었습니다. 단 하나 하고 싶은 게 있다면 하루 종일 책만 읽는 것이었죠. 매일 혼자 책을 읽다 보니 혼자만 알기에는 아쉬운 이야기들이 많이 있었습니다. SNS에 읽은 책들에 관한 이야기를 올리기 시작했고, 한 사람 두 사람 이 이야기에 관심을 가지기 시작했죠. 그렇게 저는 유튜버이자, 작가이자, 독서가가 되었습니다. 공대생일 때는 생각지도 못했던 나만의 길을 만들고 있었던 것이죠.

때로는 자신이 생각지도 못한 길을 걷게 되기도 합니다. 모든 사람이 자신의 길을 정해 그 길 하나만을 올곧게 걸어가는 것은 아니니까요. 명확했던 목표도 언제든 바뀔 수 있고, 목표에 도달해 자신이 원하던 길이 아님을 깨닫게 되기도 합니다. 어떤 길이 정답인지는 아무도 알 수 없어요. 확신을 가지고 자신의 길을 걸으면 좋겠지만, 그런 사람은 생각보다 많지 않다는 걸 꼭 기억하면 좋겠네요.

당신이 걷는 길에 확신이 없다면, 무엇이 옳은 선택인지 알 수 없다면 그저 다음에 내디딜 한 발자국에만 집중해 보세요. 한 발짝씩 열심히 내딛다 보면 그 길이 결국 내 길이 될지도 모르는 일입니다.

저 역시 인생에 확신을 가지고 살아가지 않아요. 확신을 가지고 있었다면 그동안 방황하지 않았을 거예요. 미래에 대한 확신은 없어도 돼요. 확신은 그저 다음에 내딛을 한 발자국에만 있으면 됩니다.

# #

직장인
체질은
아닌가 봐

Q 저는 학교를 졸업하고 운 좋게 금방 취직했습니다. 입사
제안이 들어온 곳도 있었지만 전공을 살리고 싶어 원하
던 직장으로 취직했습니다. 그런데 직장에 들어간 지 얼
마 되지 않아 적응하지 못하고 일을 그만두게 되었습니
다. 첫 직장에서 자리 잡기에 실패하고 나니, 지금까지
제가 달려온 길이 틀렸나 하는 생각도 듭니다.

**최근에도 한 직장에 입사했지만 벌써 퇴사 생각을 하
고 있습니다. 저는 왜 직장 생활에 적응하지 못하는 걸
까요?**

주위를 둘러보면 다들 직장에서 자리도 잘 잡고 나름 만족하며 회사에 다니는 것처럼 보입니다.

하지만 자신이 다니는 직장에 만족하는 사람은 생각보다 많지 않습니다. 내가 세운 회사도 아니고, 내가 선택한 동료도 아니고, 회사 분위기 역시 내가 정하는 게 아니기 때문입니다.

사회생활을 시작하기 전, 우리는 대부분의 시간을 학교에서 보냅니다. 남자들은 중간에 군대라는 특수한 사회를 경험하기도 하지만, 대부분 고등학교나 대학교까지 다니며 학교에서 가장 많은 시간을 보내게 되죠. 하지만 정작 학교는 사회에서 요구하는 기술을 가르쳐 주지 않습니다.

회사에 입사하면 학교와는 전혀 다른 세계를 경험하게 됩니다. 왜 해야 하는지도 모르는 일을 무조건 해야 하기도 하고, 효율적이지 않은 방식으로 일해야 할 때도 있으며, 부당한 지시에 따라야 하는 경우도 있습니다. 일을 선택할 권리는 없고, 주어진 일을 거부할 권리도 없죠.

일일이 나열할 수 없을 만큼 직장 생활에 적응하기 어려운 이유는 많습니다. 그러니 직장 생활에 적응하기 어려운 게 당신만의 문제라고는 할 수 없을 겁니다. 회사에 문제가 있을 수도 있고, 동료들에게 문제가 있을 수도 있고, 사회 분위기에 문제가 있을 수도 있겠죠. 하지만 어느 회사에 가든 똑같이 힘들다면 스스로에게 이런 질문을 한 번쯤은 던져 보세요.

"나는 왜 일을 하는 걸까?"

사람들은 대부분 자신이 왜 일하는지에 대한 질문을 던지지 않습니다. 하지만 자신이 왜 일하는지에 대한 질문 없이 직장 생활을 한다면, 돈 이외의 의미를 발견하기 어려워집니다. 대부분의 사람이 돈을 벌기 위해 일하지만 돈을 버는 것만이 유일한 이유는 아니거든요.

또한 자신이 일하는 이유를 찾았다고 바로 직장 생활에 적응할 수 있는 것도 아닙니다. 어려운 직장 생활을 견디고 적응해 나갈 이유를 찾았을 뿐이지, 환경이 바뀐 건 아니기 때문이죠.

찰스 두히그는 자신의 저서인 『1등의 습관』에서 인간은 자신이 통제권을 쥐고 있다고 생각할 때 역경을 빠른 속도로 이겨 내고 자신감도 더 강해진다고 이야기합니다. 우리가 직장 생활을 힘들어하는 이유는 바로 그 통제권을 내가 아닌 회사가 가지고 있기 때문이죠.

하지만 애초에 회사가 별로거나, 직장 동료들과의 관계가 나아질 기미가 보이지 않거나, 일에서 얻을 수 있는 것이 없을 때는 회사를 옮기는 것이 근본적인 해결책이 될 때도 있습니다. 무조건 버티는 것만이 정답이라고 할 수는 없어요. 그곳이 자신이 버텨도 될 곳인지, 아니면 빨리 나와야 할 곳인지 정도는 판단할 줄 알아야 합니다.

가끔은 부딪쳐 이겨 내는 것이 옳은 선택일 때가 있고, 무조건 버티는 것이 옳은 선택일 때도 있습니다. 때로는 피하는 것이 현명하고 용감한 선택일 때도 있습니다. 그러니 자신에게 어떤 선택이 옳은 선택일지 잘 생각해 보는 시간을 가져야 합니다.

직장 생활이 체질이라고 말하는 사람들 중에서도 회사가 별로거나, 일이 맞지 않거나, 동료들이 별로일 때는 직장 생활을 힘들어합니다. 자신에게 맞지 않는 신발을 신으면 발이 아픈 게 당연하겠죠. 나만 아프다고, 내게 문제가 있는 게 아니냐고 자책하기 전에 일의 의미를 다시 한 번 찾아보길 바랍니다.

#

하고 싶은 게
너무
많아서

Q 저는 어렸을 때부터 하고 싶은 일이 참 많았어요. 선생님이 되고 싶기도 했고 디자이너가 되고 싶기도 했어요. 한때는 사진 작가가 되는 꿈을 꾸기도 했죠. 하지만 고등학생인 지금은 학교 공부만으로도 벅차서 하고 싶은 일을 해 볼 기회도 없네요. 그러다 보니 하고 싶은 일은 점점 쌓여만 갔죠. 선택지가 늘어날수록 어떤 일을 선택해야 할지 고민만 많아져요.

하고 싶은 일은 많은데 어떤 일을 선택해야 할지 모를 때는 어떻게 하는 게 좋나요?

자신이 무엇을 좋아하는지 몰라 고민하는 사람이 있고, 하고 싶은 일이 너무 많아 고민하는 사람이 있습니다. 반면에 하고 싶은 일이 딱 한 가지뿐이라 별 고민 없이 자신이 하고 싶은 일을 선택하는 사람도 있습니다.

하고 싶은 일이 아예 없는 사람보다는 하고 싶은 일이 많은 사람이 자신의 길을 찾기 더 수월하긴 합니다. 하고 싶은 일이 없는 사람은 어디에서부터 시작해야 할지 막막할 수 있지만, 하고 싶은 일이 많은 사람은 자신이 가장 하고 싶은 일부터 시작하면 되거든요.

하고 싶은 일이 많은 사람은 호기심이 많은 경우가 대부분입니다. 호기심이 많아 이 일 저 일에 관심을 가지게 되고, 해 보고 싶은 일도 많아집니다. 하고 싶은 일은 많은데 단 한 번의 선택으로 정답을 찾자니 선택이 어려워질 수밖에 없는 거예요.

선택을 어렵게 만드는 요인은 또 있습니다. 다양한 일에 호기심을 가지고 있지만 그 일을 직접 경험해 보지 못했다면 선택이 어려울 수 있어요. 경험이 부족할 경우에도 정확한 판단을 내리기 어렵죠. 아이들을 가르치는 선생님이 되고 싶다고 해도 선생님이라는 직업을 경험해 보지 못했거나, 정보가 부족하다면 그 일이 정말 내게 맞는 일인지 알 수 없지 않을까요?

요즘은 하나의 직업으로 정의하기 어려운 일도 많습니다. 저의 경우는 글도 쓰고, 영상도 만들고, 남들의 고민도 상담해 줍니다. 이런 직업은 뭐라고 불러야 할까요? 때로는 하고자 하는 일을 하나의 직업으로 정의하기 어려운 경우도 있다는 건 기억해 두면 좋을 것 같습니다.

하고 싶은 일이 많을 때는 하나하나 직접 경험해 보는 게 가장 좋습니다. 직접 경험해 봐야 자신에게 맞는 일인지, 맞지 않는 일인지 알 수 있기 때문이죠.

물론 단 한 번의 선택으로 정답을 골라야 할 필요는 없습니다. 여러 번의 선택이 쌓이며 정답으로 향하는 경우도 많거든요. 지금 생각하는 최선의 선택을 하고, 그것이 정답이 되게 노력하면 됩니다. 선택이란 것은 언제든 바뀔 수 있는 겁니다. 그러니 선택하는 일을 너무 두려워하지 마세요.

10대에서 20대로 넘어가면 고민이 많아지는 게 당연합니다. 스무 살이 되는 순간 새로운 경험을 할 기회와 동시에, 자신의 인생을 스스로 책임져야 한다는 책임감이 늘어나기 때문이죠.

세상에 쓸모없는 고민은 없습니다. 하지만 때로는 고민보다 행동이 더 필요할 때가 있죠. 신중히 고민해서 현명한 선택을 해야 할 때가 있는가 하면, 고민보다 행동이 더 좋은 결과를 가져올 때도 있습니다.

고민은 자신 안에서 답을 찾는 방법 중 하나입니다. 하지만 내 안에 답이 없을 때는 아무리 고민해도 답을 찾을 수 없겠죠. 그럴 때는 움직여야 합니다. 몸을 움직여 다양한 경험을 쌓고, 공부를 통해 많은 지식을 채워 나간다면 내 안에 숨은 답을 발견할 수 있게 될 겁니다. 고민만 하고 있을 때보다는 훨씬 더 나은 답을 말이죠.

하고 싶은 일이 너무 많아 고민이라면 지금 내가 가장 하고 싶은 일, 지금 내게 가장 가까이 있는 일부터 바로 시작해 봅시다.

단 한 번의 선택으로 정답을 찾는 사람은 생각보다 많지 않아요. 대부분의 사람이 선택을 반복하며 자신만의 정답을 찾아가죠. 하고 싶은 일이 많다면 가능한 한 다 도

전해 보세요. 직접 해 보면 당신이 진짜 좋아하는 일을 생
각보다 금방 찾게 될지도 모릅니다.

# #
생각이
나쁜 쪽으로만
기우는 날

Q 20대 초반의 여성입니다. 제 고민은 '원인을 알 수 없는 불안감'에 시달린다는 것입니다. 딱히 무슨 일이 있는 것도 아닌데 갑자기 불안감이 엄습해 마음이 진정되지 않을 때가 있어요. 이 불안감이 어디에서 비롯된 건지, 무엇에 불안감을 느끼는 건지 도저히 모르겠어요. 분명 이유가 있을 텐데 그 이유를 몰라서 더 답답해요. 어떤 생각을 해도 매번 안 좋은 쪽으로 생각하게 됩니다.

저도 긍정적으로 살고 싶지만 그게 생각처럼 쉽지는 않네요. 이 불안한 감정은 어떻게 다스려야 할까요?

사실 이런 고민은 전문 심리상담사에게 상담을 받는 편이 더 큰 도움을 얻을 수 있을 겁니다. 하지만 병원 문턱을 넘는 게 어려운 사람도 분명 있겠지요. 그래서 저는 그런 분들을 위한 이야기를 해 보려 합니다.

불안감은 다양한 이유로 찾아옵니다. 불확실한 미래에 대한 두려움에서 오기도 하고, 경제적으로 여유롭지 못한 상황에서 불안감을 느끼기도 합니다. 또한 인간관계에서 받는 스트레스에서 오기도 하고, 실패에 대한 두려움에서 오기도 하죠.

사실 불안한 감정은 우리에게 해만 끼치는 감정은 아닙니다. 어두운 골목길을 혼자 걸어간다면 불안감을 느끼는 게 당연하겠죠. 그곳이 위험할 수 있으니 빨리 벗어나라고 몸이 우리에게 보내는 신호이기 때문입니다.

그러나 수시로 불안감을 느낀다면 그 느낌은 몸이 우리에게 보내는 위험 신호일지도 모릅니다. 무언가에서 벗어나야 한다는 경고 말이죠. 그것은 실제로 목숨에 해를 가할 위기일 수도 있고, 위기가 아님에도 뇌가 위험한 상황이라고 판단했기 때문일 수도 있을 겁니다.

이럴 때는 현재 심한 스트레스를 받는 상황이 아닌지 한번 생각해 보는 것도 좋습니다. 불안감을 불러일으키는 원인을 찾아 하나씩 제거한다면 자연스레 사라질 수도 있겠죠. 하지만 위기 상황이 아님에도 몸이 위험 신호를 계속 보낸다면 무언가 변화가 필요하다는 신호일 가능성도 있습니다.

원하던 것을 이루지 못했을 때 긍정적인 사람들은 좌절하는 대신 차선책을 선택합니다. 실패했다는 사실에 집중하지 않고 바로 다음 기회를 찾아 나서죠. 하지만 부정적인 사람들은 좌절하고 맙니다. 마치 모든 것을 잃은 사람처럼 열정과 의욕을 상실하게 되죠.

뇌는 반복되는 생각이나 행동을 머릿속에 저장합니다. 긍정적인 생각을 자주 하면 뇌에는 긍정 회로가 만들어지고, 부정적인 생각을 자주 하면 부정 회로가 만들어집니다. 그래서 동일한 과정도 다르게 받아들이게 되죠. 희망적인 사실은, 누구나 태어날 때부터 한 가지 회로를 가지고 태어나는 것은 아니라는 사실입니다. 본인의 노력 여하에 따라 얼마든지 새로운 뇌 회로를 만들 수 있다는 겁니다.

"긍정 회로를 만들자"

『어느 날 갑자기 공황이 찾아왔다』라는 책에 따르면, 무언가를 아주 생생하게 상상하는 것만으로도 뇌에서는 새로운 뉴런 연결이 생겨난다고 해요. 실제로 이루지 못한 것도 이미 이룬 것처럼 생생하게 상상하면, 목표를 달성했을 때의 뇌 회로를 만들 수 있다는 말이죠.

당신이 가장 행복한 순간은 언제인가요? 과거에 행복했던 순간도 좋고, 미래에 원하는 모습을 떠올려도 좋습니다. 행복한 순간을 생생하게 떠올렸다면 그 장면을 선명하게 기억해 봅시다. 불안감이 찾아올 때마다 지금 머릿속에 떠올린 가장 행복한 순간을 다시 떠올린다면 불안감은 조금씩 가라앉을 겁니다.

혼자 하기 힘들다면 다른 사람들과 함께해 보세요. 가족이어도 좋고 친구여도 좋습니다. 긍정적인 생각과 감정을 나눌 수만 있다면 그 외의 다른 누구든 상관없습니다. 함께 행복해질 수 있다면 더 좋은 게 아닐까요?

저 역시 원인을 알 수 없는 불안감을 느낀 적이 있습니다. 당시에는 불안감의 원인을 알 수 없었죠. 나중에 알고 보니 그 불안감의 원인은 스트레스였어요. 고민은 많은데 되는 일이 없다 보니 스트레스를 너무 많이 받은 상태였죠. 때로는 아무 생각 없이 몸을 움직이는 것도 좋은 방법이 될 수 있을 것 같아요.

공부도
안 되고
돈도 없고

Q 소방관이 꿈인 20대 후반의 여자입니다. 졸업 후에는
1년 정도 회사를 다녔어요. 직장에 다니며 열심히 돈을
모았고, 그 돈으로 다시 소방관 시험을 준비했어요. 공
부와 거리가 멀었기에 혼자 공부하며 많은 어려움을 겪
었습니다. 공부하는 습관도, 저만의 공부법도 없었죠. 시
간이 지날수록 모아 놓은 돈은 떨어지는데 집중은 안 되
고 목표했던 공부량도 채우지 못하기 시작했어요.

**소방관이 아니면 더 이상 갈 곳이 없어요. 제가 어떻게
해야 공부에 집중할 수 있을까요?**

확고한 꿈이 있어도 꿈을 향해 달려가는 속도나 집중력은 사람마다 다릅니다. 아무리 꿈이 확고해도 제대로 달리지 못하면 열정만큼 속도가 따라오지 못하는 법입니다. 지금 이 상태라면 어떤 결과가 나올까요?

시험에 합격하는 사람들은 대개 비슷한 모습을 가지고 있고, 시험에 불합격하는 사람들은 저마다의 이유를 가지고 있습니다. 시험에 합격하는 사람들을 보면 대개 비슷한 일과를 보냅니다. 언제나 공부가 최우선이고 불필요한 일은 최대한 배제하는 게 그것이죠.

이들은 잠도 충분히 자고 매일 규칙적으로 생활합니다. 조금 과장하자면 1분 1초까지 계획해 하루를 보내곤 하죠. 이렇게 자신만의 루틴을 만들고, 공부에만 집중할 수 있는 환경을 만들어야 합니다. 물론 자신만의 루틴을 만드는 일이 쉬운 일은 아닐 겁니다. 오랜 시간과 많은 시행착오를 필요로 하는 일이니까요. 그럼에도 시험에 합격하기 위해서는 반드시 필요한 과정입니다.

꿈을 향해 나아갈 때는 자신이 그 꿈을 가지게 된 이유를 명확히 아는 것 또한 매우 중요합니다. 꿈은 있지만 꿈을 가지게 된 이유가 명확하지 않을 경우 언제든지 흔들릴 수 있기 때문이죠. 소방관이 되는 게 꿈이라고 해도 왜 소방관이 되고 싶은지 명확한 이유를 알아야 합니다.

꿈을 이루기 위해서는 간절해야 하는 것은 물론, 그 간절함을 수시로 느껴야 합니다. 간절함은 목표를 향한 명확한 이유에서 오기 때문이죠. 소방관이 되고 싶다면 소방관이 되어야만 하는 명확한 이유를 찾아야 합니다. 그리고 그 이유를 수없이 되뇌어야 합니다.

제가 고시 공부에 뛰어들었을 때는 명확한 이유가 없었습니다. 그저 돈도 잘 벌고 사회적으로도 인정받는 직업을 가지고 싶었다는 게 이유였죠. 사실 그런 직업은 고시 합격을 통해서만 가질 수 있는 직업은 아니었는데도 말이죠.

공부를 해야 하는 명확한 이유가 없으니 간절함도 부족했습니다. 공부를 하면서도 하고 싶은 일이 있으면 다 했습니다. 공부에만 집중해도 부족할 시간에 '합격하지 못하면 어떡하지?'라는 고민에만 빠져, 정작 공부는 뒷전일 때도 있었습니다. 공부 방법을 몰랐던 것도 문제였지만, 더 큰 문제는 합격이 아닌 실패에 생각의 초점이 맞춰져 있었다는 점입니다.

고민이나 생각이 많으면 공부에 집중하지 못하는 게 당연합니다. '시험에 떨어지면 어떡하지?' '나는 왜 이 길을 선택했을까?' '다른 길을 선택했다면 어땠을까?' '공부하다 돈이 떨어지면 어쩌지?' 하지만 이런 종류의 고민들은 잠시 고민한다고 해서 쉽게 답이 나오는 문제는 아닐 겁니다.

소방관이라는 직업은 누구나 가질 수 있는 직업은 아닙니다. 그러니 다른 사람들보다 조금이라도 더 잘 준비한 사람이 소방관이 되는 게 당연하겠죠. 어떤 이유로 소방관이라는 직업을 목표로 정했는지는 몰라도, 사실 소방관이 아니라도 자신의 꿈을 펼칠 수 있는 방법이 더 있을 수도 있습니다. 직업은 단지 도구일 뿐이니까요. 시험에 실패해도 남아있는 길은 많습니다.

하지만 그 일이 꼭 하고 싶다는 목표를 정했다면, 그 목표에만 집중해야 합니다. 원래 미래는 계획한 대로만 흘러가지 않습니다. 그러니 모든 상황에 대한 대처법을 미리 고민할 필요는 없습니다. 고민이나 걱정이 공부하는 데 도움이 될까요? 지금 하고 있는 고민이 시험에 합격해도 유효할까요? 꿈을 이루는 데 방해가 되는 것이 있다면 과감하게 버릴 줄도 알아야 합니다.

　지금 당신이 해야 할 일은 선택에 후회가 남지 않도록 최선을 다하는 일입니다. 그것만이 당신의 미래를 긍정적으로 바꿀 수 있는 유일한 방법이라는 걸 반드시 기억하세요.

# #
미래가
두려워서

Q 저는 오토바이 배달 일을 하고 있는 20대 청년입니다. 제가 배달을 시작할 때는 이 일을 하는 사람이 많지 않았어요. 덕분에 수입도 충분했죠. 하지만 이 일에 뛰어드는 사람이 많아지면서 수입이 점점 줄어들고 있습니다. 지금 당장은 돈을 벌고 있지만, 이 일을 언제까지 할 수 있을지도 모르니 미래가 너무 두렵습니다.

저는 이대로 하던 일을 계속해도 되는 걸까요?

미래가 어떻게 될지는 아무도 알 수 없습니다. 지금 하는 일을 계속해도 될지, 아니면 그만둬야 할지는 본인의 선택입니다. 그렇다면 선택에 확신이 들지 않을 때는 어떻게 해야 할까요?

그동안의 인생 경험을 통해 열심히 준비했지만 예상과는 다른 결과가 나오는 경우도 있고, 도중에 변수가 생겨 목표를 달성하기 어려운 경우도 있다는 걸 배웠을 겁니다. 열심히 공부해 시험을 준비했지만 예상했던 점수가 나오지 않을 때도 있고, 답안지에 답을 잘못 옮겨 적어서 예상했던 점수와 다른 점수가 나올 때도 있습니다.

배달 일이 언제까지 잘될지는 아무도 알 수 없는 일이겠죠. 당장 내일부터 주문이 급격하게 줄어들어 일자리가 사라질 수도 있고, 앞으로 주문이 점점 더 늘어나 더욱 호황을 누릴 수도 있습니다.

그렇다면 무엇에 기준을 두고 일을 선택해야 할까요? 중요한 건 좋은 직업을 가지는 데 기준을 두지 말고 무엇을 배우고 싶은지에 기준을 두고 선택해야 한다는 점입니다. 지금 하고 있는 일이 있다면 그 일에서 무엇을 배울 수 있는지에 집중해 봅시다. 직업 선택에 실패하지 않는 유일한 방법은 어떤 직업을 선택하든 그 직업에서 배우는 자세를 잃지 않는 겁니다.

미래를 정확히 예측할 수 있는 사람은 없죠. 그러니 미래가 두려운 건 당연합니다. 사람들은 막막한 미래에 대비하기 위해 끊임없이 일하고 돈을 벌어요. 회사에 최대한 오래 다니기 위해 끊임없이 자기계발을 하고, 퇴직에 대비해 새로운 직업을 준비하기도 하죠. 은퇴할 때를 대비해 열심히 저축을 하기도 합니다.

미래는 아무리 열심히 준비한다고 한들 원하는 나날이 보장되는 건 아니에요. 하지만 인생이 계획대로 흘러가지 않는 법이라고 해서 손을 놓고만 있을 수는 없겠죠.

미래를 대비하는 가장 좋은 방법은 일에서 배움을 구하는 것입니다. 돈은 누구나 모을 수 있습니다. 하지만 누구나 일에서 배움을 구하지는 않습니다. 돈은 언제든 사라질 수 있어요. 하지만 능력과 지식은 사라지지 않죠. 사라지지 않는 가치를 계속해서 쌓아 나간다면 어떤 미래든 두렵지 않을 겁니다.

만약 미래가 두렵다면 굳이 상상할 필요는 없습니다. 미래는 현재가 쌓여 만들어지는 결과물일 뿐이니까요. 그러니 미래보다 현재에 집중하고, 현재를 살되 더 나은 내일을 만들기 위해 노력해 봅시다. 지금 내가 무엇에 관심을 가지고 있는지, 자신이 하는 일에서 무엇을 얻을 수 있는지, 앞으로 무엇을 배우고 싶은지 고민해야 합니다.

먼 미래를 계획할수록 계획은 틀어지기 쉽습니다. 하지만 바로 내일을 준비한다면 매일매일 더 나은 미래를 상상하게 될 겁니다. 미래를 너무 두려워할 필요는 없어요. 두려워한다고 달라지는 건 아니니까요. 지금 하고 있는 일이 재미있다면 충분히 즐기고 뭐든 열심히 배우세요. 그러다 다른 일에 관심이 간다면 그 일을 해 보세요. 우리가 돈만 벌기 위해 사는 건 아니잖아요?

Part 2

인간관계,
터닝 포인트를 찾을 때

친구란 두 사람의 신체에 사는
하나의 영혼이다.
_ **아리스토텔레스** Aristoteles

#인간관계 #친구 #동료 #관계

# #

혼자만의 시간이
좋아도
너무 좋은 나

Q 저는 평소 혼자 있는 걸 좋아해요. 친구도 많지 않고, 성격도 내성적이라 혼자 있을 때가 가장 편하죠. 그런데 가끔 '히키코모리'가 문제라는 소식을 종종 들을 수 있어요. 저는 사회생활을 하지 않는 것도 아니고, 친구가 아예 없는 것도 아니에요. 단지 혼자 여행 다니고, 취미를 즐기는 걸 좋아할 뿐이죠.

혼자 있는 게 좋은데 굳이 다른 사람들을 만나거나 새로운 친구를 만들어야 할까요?

요즘은 혼자만의 시간을 즐기는 사람들이 많습니다. 예전에는 혼자 밥 먹거나 혼자 영화관에 가면 친구가 없어서 혼자 다닌다고 생각하는 사람이 많았지만 요즘은 혼자 다니는 사람들을 전혀 이상하게 생각하지 않습니다. 오히려 부러워하는 사람도 있죠. 그렇다면 왜 혼자 있는 시간을 좋아하는 걸까요?

혼자만의 시간은 온전히 나만을 위한 시간입니다. 다른 사람의 눈치를 볼 필요도 없고, 배려할 필요도 없고, 마찰을 일으킬 일도 일어나지 않죠. 그야말로 모든 것을 내 마음대로 할 수 있는 시간입니다.

하지만 사회에 나가면 내 마음대로 할 수 있는 게 별로 없게 됩니다. 그러다 보면 자연스레 혼자 있는 시간을 점점 더 좋아하게 되곤 하죠. 다른 사람을 신경 쓸 필요 없이 나만 신경 쓰면 되고, 마음껏 내가 하고 싶은 대로 해도 되니까요.

다른 사람과 함께 있는 시간을 좋아하는 사람이라도 혼자만의 시간이 필요한 순간은 당연히 있습니다. 평소에는 지인들과의 만남을 통해 스트레스를 해소하더라도, 때로는 홀로 카페에 가서 책을 읽거나 혼자 생각을 정리할 시간도 필요한 건 분명합니다. 누구에게나 혼자만의 시간은 중요한 법이거든요. 그 순간은 스스로가 가장 소중해지는 시간이기 때문에 혼자 있는 시간을 좋아한다고 문제가 되지는 않을 겁니다. 지극히 '정상'이라고 말해 주고 싶네요.

요즘은 혼자만의 시간을 즐기는 사람이 많아요. 혼자서 여행을 다니는 사람도 있고, 사진을 찍으러 다니는 사람도 있고, 서점이나 카페에 가서 책을 읽는 사람도 있습니다. 혼자서 즐길 수 있는 취미 생활이 정말 많은 시대이기 때문이죠.

혼자만의 시간이 문제가 된다면, 혼자 있을 때 부정적인 영향을 많이 받는 사람들이 아닐까 하는 생각이 듭니다. 혼자 있을 때 부정적인 생각을 더 많이 한다거나, 생산적인 활동을 전혀 하지 않고, 오히려 누군가와 있을 때보다 더 외로워지고 슬퍼하는 사람이라면 혼자만의 시간은 결코 좋은 시간이 될 수 없겠죠.

혼자 있는 시간을 충분히 즐겁고 행복하게 보낼 수 있는 사람이라면 아무런 문제가 없어요. 하지만 혼자 있는 게 충분히 즐겁고 행복하지 않다면 조금은 변화가 필요하지 않을까요?

세상을 홀로 살아갈 수는 없어요. 사람에게는 혼자 있는 시간도 필요하고 타인과 함께 있는 시간도 필요해요. 둘의 조화를 적절히 유지하도록 노력해 보려는 시도도 있으면 더 좋은 인생을 살 수 있지 않을까 합니다.

#

싫은데
자꾸 만나는
친구

Q 제게는 자주 만나는 친구가 한 명 있어요. 저와 만나는
걸 좋아하고 이야기도 잘 들어 주는 친구죠. 하지만 마
음에 들지 않는 점도 있어요. 약속 시간에도 매번 늦고,
명품을 좋아해 항상 제 옷차림까지 잔소리를 하는 모습
등이에요. 만날 때마다 짜증이 나는데 이상하게도 돌아
서면 다시 보고 싶어져요. 심지어 제가 아닌 다른 친구
와 친하게 지내는 모습을 보면 질투심을 느끼기도 해요.

**친구가 이 사람밖에 없는 것도 아닌데 왜 이런 감정을
느끼는 걸까요?**

사람은 항상 만나는 친구를 만나고 또 만나게 되곤 합니다. 일반적으로는 자신과 비슷한 성향을 가진 사람과 대화가 잘 통합니다. 하지만 때로는 정확히 이해할 수 없는 관계도 있죠. 비슷하지 않은 성향을 가지고 있어도 대화가 잘 통하는 경우도 있습니다. 분명 나와 성향이 다른 친구임에도 자꾸 그 친구가 생각나는 이유는 무엇일까요?

『해빗』의 저자 웬디 우드는 사람이란 적당한 수준의 해결책을 찾으면 그 방법을 고수하고, 그 편안함에 서서히 안주하게 된다고 말합니다. 적당히 잘 맞는 사람을 만나면 더 잘 맞는 사람을 찾기보다는 적당히 잘 맞는 사람과 관계를 계속 이어 나간다는 말입니다. 그게 더 편하니까요.

오랫동안 만나온 사람에게서 느낄 수 있는 편안함이라는 게 있습니다. 친구가 단점을 가지고 있어도 그보다 편안함이 더 크다면 단점은 충분히 상쇄될 수 있어요. 약속에 매번 늦고, 외모에 신경을 많이 쓰고, 나와 맞지 않는 가치관을 가지고 있어도 그 친구를 만나는 자리가 편하고 즐겁다면 다음에도 그 친구가 생각나는 건 당연합니다.

사람은 모두 장점과 단점을 가지고 있어요. 상대방의 단점에 집중하면 만남은 점점 더 불편해질 테고, 장점에 집중하면 점점 더 즐거워지기 마련입니다. 친구의 장점과 단점 중 무엇에 집중하는 게 좋을지는 굳이 말하지 않아도 모두가 알고 있을 겁니다.

"친구는 내 소유물이 아니다"

사람은 살면서 많은 친구를 만나게 됩니다. 그 중 공들여 찾은 친구는 '내' 친구가 되죠. 친구를 향한 마음이 각별해서 '나만의 친구'라고 생각하는 경우도 있습니다. 나만의 친구이니 내가 만나고 싶을 때는 언제든 만날 수 있고, 항상 나만 만나고, 친구의 모든 관심사가 나를 향해 있기를 바랄 때도 있죠.

만약 그런 마음으로 친구를 바라본다면 친구가 나 아닌 다른 사람과 친하게 지내는 모습을 봤을 때 질투심을 느끼는 일은 충분히 있을 수 있습니다. 하지만 친구는 내 소유물이 아니라는 점을 잊어선 안 됩니다. 아무리 친한 친구라도 '내 것'은 아니죠. 나는 친구에게 친한 친구 중 한 명일뿐이고, 그 친구 역시 나의 친한 친구 중 한 명일뿐이라는 걸 명심해야 합니다.

　저도 주변에 여러 종류의 친구가 있습니다. 다양한 분야에 관심이 많은 친구도 있고, 한 우물만 파는 친구도 있죠. 어떤 일을 맡든 맡은 일에 최선을 다하는 친구도 있습니다.

　다양한 분야에 관심이 많은 친구는 언제나 열정이 충만해요. 자신이 하고 싶은 일에 끊임없이 노력을 쏟고, 언제든 다른 분야에 도전할 수 있는 유연성을 가지고 있죠. 하지만 다양한 분야에 관심을 가지다 보니 한 가지 일을 꾸준히 하지 못하는 단점도 있습니다.

　한 우물만 파는 친구는 온 신경을 자신의 일에 집중합니다. 덕분에 빠른 속도로 성장하지만 다른 사람이 하는 일에 관심이 없어 취향이 다른 사람과 대화가 잘 통하지 않는 단점이 있습니다.

　어떤 일이든 자신이 맡은 일에 최선을 다하는 친구는 어느 회사를 가든 인정받곤 합니다. 일도 잘하고 성격도 좋아서 직장 동료들과도 항상 좋은 관계를 유지하죠. 하지만 자신만의 콘텐츠가 없다는 단점이 있습니다.

만약 제가 친구들의 단점에만 집중했다면 친구 관계를 오래 유지하지 못했을지도 모릅니다. 하지만 저는 이들의 장점에 집중했습니다. 단점이 아닌 장점에 집중하니 친구들이 가진 매력이 눈에 들어왔죠. 덕분에 친구들과의 만남은 매번 즐거웠고, 항상 다음 만남이 기대되곤 했습니다.

반드시 비슷한 가치관을 가지고 있어야만 친구가 될 수 있는 건 아닙니다. 친구에게 단점이 있다고 멀리해야만 하는 것도 아니고요. 사람은 모두 자신만의 매력을 가지고 있습니다. 자신이 매력이 없다고 생각하는 사람은 자신만의 매력을 아직 발견하지 못했을 뿐입니다. 좀 더 다양한 친구를 사귀어 보면 그 사람들만의 여러 가지 매력을 발견할 수 있을 겁니다. 그러니 단점에 가려진 친구의 장점을 찾아보려 먼저 노력하는 게 어떨까요.

원래 친구는 만나던 친구가 가장 편해요. 하지만 특정한 관계에 매달릴 경우 그 관계에 집착하게 될지도 몰라요. 만약 다양한 친구들과 좋은 관계를 맺고 있다면 특정한 관계에만 집착하게 되는 일은 사라지지 않을까요?

#

남녀는
친구가 될 수
있을까

Q 저에게는 남자인 친구가 있어요. 처음에는 그저 대화가
잘 통하는 동갑내기 친구라고만 생각했지만 얼마 전부
터 이 친구에게 친구 이상의 감정을 느끼기 시작했어요.
문제는 이 친구에게는 이미 여자친구가 있다는 사실이
었죠. 그런데 언젠가부터 여자친구에게 전화가 오면 제
앞에서 받지 않아요. 무심결에 한 말도 기억해서 챙겨
주고, 소개팅을 나갈 때면 이상하게 신경을 많이 쓰는
것 같았어요.

저는 남자인 이 친구와의 관계를 어떻게 해야 할까요?
남자와 여자는 친구가 될 수 없는 걸까요?

남자와 여자는 친구가 될 수 있을까? 이 문제는 여전히 많은 논란이 되고 있습니다. 대개 의견은 둘로 나뉩니다. '남자와 여자도 친구가 될 수 있다'와 '남자와 여자는 절대로 친구가 될 수 없다'로 말이죠. 과연 남자와 여자는 친구로 지낼 수 없는 걸까요? 그리고 남자인 친구와의 관계는 앞으로 어떻게 해야 할까요?

흥미롭게도 이 문제에 관해 관심을 가진 학자들이 있었습니다. 심리학 교수인 에이프릴 블레스케와 데이빗 버스는 남녀가 각각 동성 친구와 이성 친구를 어떻게 생각하는지 조사해 봤죠. 400명의 대학생에게 자신이 가장 친하게 지내는 동성 친구와 이성 친구를 떠올리게 한 다음, 각 관계의 장단점에 대해 물었습니다.

조사 결과, 남자와 여자 모두 동성 친구와 이성 친구에게 느끼는 장단점은 비슷했다고 합니다. 순위에 약간의 차이는 있었지만 의미 있을 정도의 차이는 아니었고요. 하지만 몇 가지 항목에서는 흥미로운 차이가 있었다고 합니다. 이성 친구와 스킨십 가능성을 묻는 말에 남자는 33%, 여자는 12%가 가능하다고 답했다는 겁니다. 친구였던 이성의 고백을 거절한 경험을 묻는 질문에서는 남자가 14%, 여자가 28% 있다고 대답했습니다. 또한 남자가 생각하는 이성 친구의 장점으로 '연인으로의 발전 가능성'이 6위를 차지했지만 여자는 순위권 밖이었습니다. 이성 친구 관계에서는 상대적으로 여자보다 남자가 연인이 될 가능성이 있다고 생각하는 비율이 더 높았다는 뜻이죠.

이렇게만 보면 남녀가 친구가 되는 데는 남자가 걸림돌이 되는 것처럼 보이기도 합니다. 하지만 전체적으로 봤을 때는 이성 친구를 여자로 생각하지 않는 남자가 67%나 됐으니 꼭 그렇지만도 않은 것 같아요. 물론 남자와 여자는 친구가 될 수 없는 경우도 있습니다. 하지만 이 말이 남자와 여자가 친구가 될 수 없다는 말은 아닐 겁니다.

고민 상황으로 다시 돌아가 보겠습니다. 남자인 친구에게는 이미 여자친구가 있는 걸 알고 있는데도 친구 이상의 감정을 느끼고 있는 상황이네요. 그렇다면 세 가지 선택지가 있을 것 같습니다. 친구와 그대로 친구로 남는 방법, 연인이 되는 방법, 친구와의 모든 관계를 포기하는 방법입니다.

선택은 본인의 몫입니다. 어떤 선택이 옳을지는 알 수

없겠죠. 하지만 선택이 어려울 때는 각각의 선택지마다 자신이 짊어져야 하는 책임에 대해 생각해 보면 도움이 됩니다. 친구와 그대로 친구로 남게 되었을 때 짊어져야 할 책임, 연인이 되었을 때 짊어져야 할 책임, 친구와 모든 관계를 표기했을 때의 책임을 생각해 보면 선택이 조금 수월해질 겁니다.

사람이 친구를 사귀는 이유는 풍성한 경험과 다양한 감정을 나누기 위해서 입니다. 내가 경험한 일을 친구와 나누고, 친구가 경험한 일을 나와 나누고, 서로의 고민을 나누고, 함께 즐거워하고 함께 슬퍼하기 위해서죠. 그렇기 때문에 남자와 여자는 친구가 될 수 있고, 친구 이상의 관계도 될 수 있습니다. 남녀가 만난다고 무조건 연애하는 것도 아니고, 무조건 친구가 되는 것도 아닌 것처럼요. 친구가 동성인지 이성인지보다는 어떤 사람과 친구가 되는지가 더 중요한 법입니다.

관계는 기본적으로 선택의 연속입니다. 친구가 되고 싶다면 친구 관계를 맺으면 되고, 연인이 되고 싶다면 연인 관계를 맺으면 돼요. 다만 어떤 관계를 선택하든 자신이 직접 선택한 관계라면 본인이 직접 책임을 져야 합니다. 주변 사람들에게 고민을 털어놓으면 모두 똑같은 대답을 할지도 모릅니다. 대다수가 정답이라고 생각하는 선택이 실제로 옳은 선택일 때도 많지만, 그렇지 않을 때도 있다는 걸 잊지 마세요.

당신의 인생은 당신이 선택하는 대로 만들어져요. 어떤 인생을 만들고 싶은지 생각해 보고, 그에 따른 선택을 하길 바라겠습니다.

# #
부모님이
원하는
인생

Q 진로 문제로 부모님과 마찰이 심해 고민인 20대 남자입니다. 부모님은 취업도 힘들고, 회사에 입사해도 언제까지 다닐 수 있을지 모르니 공무원을 준비하는 게 어떠냐고 했죠. 하지만 저는 하고 싶은 일이 있습니다. 디자인이라는 제 전공을 살려 저만의 브랜드를 만드는 거예요. 제 스타일이 녹아 있는 제품이나 콘텐츠를 만들고 싶습니다. 하지만 부모님은 그게 돈이 얼마나 되겠냐, 언제까지 할 수 있을 것 같냐, 잘 될지 안 될지 어떻게 아냐며 반대합니다.

저는 이 상황에서 어떻게 해야 할까요?

부모가 살아온 시대와 자녀가 살아갈 시대는 분명히 다릅니다. 부모들은 대부분 자신의 과거 경험을 토대로 자녀에게 조언을 건넵니다. 하지만 그런 조언은 새로운 시대를 살아갈 자녀에게는 도움이 되지 않을 때가 많죠.

부모가 자식의 의견에 공감하지 못하는 데는 여러 가지 이유가 있습니다. 첫째, 부모가 살아온 시대와 자녀가 살아갈 시대가 달라서입니다. 부모 세대가 살아온 시대는 불안정한 상황이 반복되는 시대였죠. 이런 시대를 살아온 부모 입장에서는 무엇보다 안정적인 일자리가 최고의 직장이었을 겁니다.

둘째, 자기 자식은 고생하지 않기를 바라는 마음입니다. 힘들게 자리 잡은 부모는 자신이 경험한 어려움을 자식들이 똑같이 겪기를 바라지 않겠죠.

셋째, 부모는 자식을 어린아이라고 생각한다는 점입니다. 많은 부모가 당연히 자녀보다 부모가 더 현명한 판단을 한다고 생각하고, 그래서 자녀의 의견을 존중하지 않는 경우가 많습니다.

넷째, 자녀에게서 신뢰할 만한 이유를 찾을 수 없기 때문입니다. 남들과 다른 길을 걷겠다면서 아무런 노력도 하지 않는다면 자녀의 의견을 신뢰할 수 없는 건 당연하겠죠.

이 네 가지 이유 외에도 더 많은 이유가 있을지도 모릅니다. 하지만 부모와 대화가 통하지 않는다고 부모 탓만 해서는 안 되겠죠. 서로의 탓만 한다면 결코 문제는 해결할 수 없습니다.

부모의 신뢰를 얻기 위해 가장 좋은 방법은 가능성을 보여 주는 겁니다. 성인이 되었음에도 부모 집에 얹혀살고, 해 주는 밥을 먹고, 용돈까지 받고 있다면 자식을 신뢰하지 못하는 건 당연하겠죠.

부모가 자식을 이해하기 위해서는 그만한 근거가 필요합니다. 자신의 꿈을 이루기 위해 열심히 노력하고, 조금씩이라도 계속 나아지는 모습을 보여야 부모도 자식을 믿고 기다려 줄 수 있지 않을까요?

물론 부모의 의견과 당신의 의견 중 무엇이 정답인지는 알 수 없어요. 정답은 선택이 아닌 과정이 결정하는 것이거든요. 어떤 인생을 살아갈지도 스스로 선택해야 하고,

선택에 대한 책임도 직접 져야 합니다. 하지만 부모의 역할은 운전대를 대신 잡아 주는 것이 아니라 조수석에 앉아 조언을 해 주는 것입니다.

지금 당장은 부모와 다른 생각을 가지고 있더라도 나중에는 부모와 같은 생각을 가지게 될 수도 있어요. 만약 그렇게 된다고 하더라도 당신이 가고자 하는 길이 있다면 꼭 가 보는 게 좋습니다. 하고 싶은 일이 '있었다'와 하고 싶은 일을 '해 봤다'에는 큰 차이가 있기 때문이죠.

"내 인생은 내가 선택해야 한다"

그 누구도 당신의 인생을 대신 선택해 줄 수는 없는 노릇이에요. 선택이 잘못됐다면 스스로 책임지고 다른 선택을 하면 되고, 아니면 선택이 잘못되지 않게 최선을 다하면 됩니다. 그렇게 사람은 자신의 인생을 스스로 선택하고, 선택에 책임을 지며 어른이 되어 가는 겁니다.

부모가 자식에게 하는 말은 대부분 정말 자식이 잘되었으면 하는 마음에 하는 말이에요. 그러니 자녀가 진짜로 원하는 게 무엇인지 이해시킨다면, 부모도 조금은 기다려 줄 수 있지 않을까요? 대화를 통해 서로를 좀 더 알아가고, 신뢰감을 쌓는 일에 집중해 보았으면 합니다.

# #
은근하게
따돌림 당하는 것
같을 때

Q 저는 요즘 친구 관계에 고민이 많습니다. 자주 만나는 A
와 B라는 친구가 있어요. 평소 A와 가깝게 지내지만, B
와는 조금 거리가 있는 편이죠. B는 유독 자기 자랑을
많이 하는 친구예요. B의 자랑을 A가 잘 들어 주다 보
니 셋이 함께 만나면 B는 A에게만 이야기를 하려고 합
니다. 그러다 보니 만날 때마다 저만 소외되는 느낌이에
요. 그래서 되도록 함께 만나는 자리를 피하려고 했지만,
A와 B는 꼭 저를 함께 불러내요.

**매번 소외감을 느끼는 자리에 계속 나가야 하는 건지 고
민이 됩니다.**

여러 사람이 한자리에 모이면 누군가는 소외감을 느낄 수밖에 없습니다. 모든 사람이 서로에게 똑같은 관심을 쏟을 수는 없기 때문입니다. 하지만 매번 나만 소외되는 자리라면, 어딘가 문제가 있는 것은 분명합니다.

세상에 똑같은 취향을 가진 사람은 없어요. 그래서 여러 사람이 모이면 조금이라도 대화가 더 잘 통하는 사람은 따로 있게 마련입니다. 누구나 자기와 대화가 잘 통하는 사람과 이야기를 나누고 싶어 하겠죠. 그래서 사람이 많은 모임일수록 여러 그룹으로 나뉘어 대화를 나누게 되는 겁니다.

나와 완벽하게 맞는 친구란 아마 없을 겁니다. 사람들은 저마다 다른 취향을 가지고 있거든요. 하지만 나와 조금 다른 취향을 가지고 있더라도 상대방에게서 배울 점이 있거나 새로운 경험을 얻을 수 있다면 얼마든지 친구가 될 수도 있습니다.

나는 어떤 관계를 원하는지, 어떤 방식을 좋아하는지 스스로에게 질문을 던지는 시간을 가져 봐야 합니다. 그래야 자신이 만나고 싶은 사람을 만나서 즐거운 대화를 나눌 수 있고, 원하는 방식으로 만나서 원하는 대화를 나눌 수 있어요.

나의 친구 관계는 내 마음이 가는대로 정하면 됩니다. 나가고 싶지 않은 자리를 굳이 나갈 필요는 없지만, 혹 친구가 사라질 것 같아 걱정이라면 차라리 새로운 친구를 사귀는 게 더 나을 수도 있어요. 당신이 원하는 친구를 사귀고, 당신이 원하는 방식으로 관계를 맺어 나가길 바랍니다.

간혹 오래된 친구가 진짜 친구라고 생각하는 사람들도 있습니다. 하지만 그저 친구로 지낸 시간이 길다고 무조건 진짜 친구가 되는 건 아니겠죠. 사실 마음만 충분히 열어 둔다면, 만난 지 얼마 되지 않은 친구와도 충분히 깊은 관계를 맺을 수 있어요. 취향이 비슷하면, 가치관이 비슷하면, 비슷한 길을 걸으면 조금 더 빠르게 좋은 친구가 될 수도 있을 겁니다. 이런 경우에는 그저 오래되기만 한 친구보다 훨씬 더 가까운 관계가 될 확률도 높아요.

영원한 친구 관계는 없어요. 한번 친구 관계를 맺었다고 평생 관계를 유지해야만 하는 것도 아니고요. 취향이 바뀌고, 생각이 바뀌고, 가치관이 바뀐다면 오래된 친구와도 얼마든지 멀어질 여지가 있을 수 있어요.

　나이가 들수록 친구는 점점 줄어들게 마련입니다. 곁에 있던 친구들은 멀리 떨어지고, 만약 거리까지 멀어진다면 자주 보기 더 힘들어지죠. 결국 굳이 약속을 잡으면서까지 만나는 사람만 곁에 남게 됩니다. 게다가 나이를 먹고 경험이 쌓이는 만큼 취향까지 뚜렷해지면, 만나는 친구의 수는 계속 줄어들 수밖에 없습니다.

　그래서 나이가 들어서도 꾸준히 새로운 친구를 만드는 게 중요합니다. 삶의 모습이 달라지면 새로운 친구도 필요한 법이거든요. 꼭 많은 수의 친구가 필요한 건 아닙니다. 오래 걸려도 좋으니 당신이 원하는 친구를 한 명씩 만들어 나가 보세요.

　자신의 친구 관계는 자신이 스스로 만들어 나가야 해요. 당신의 친구 관계를 친구들이 만들어 줄 수는 없는 노릇이겠죠. 그러니 지금부터라도 당신이 원하는 관계를, 당신이 원하는 방식으로 만들어 나가는 건 어떨까요?

\#

SNS
꼭
해야 할까

Q 제 주변 사람들은 대부분 SNS를 하고 있어요. 자신의 일상을 올리는 사람도 있고, 다른 사람의 일상을 구경 하려고 하는 사람도 있어요. 그런데 저는 SNS와 잘 맞지 않는 것 같아요. SNS에 올릴 것도 없고, 뭐라도 하나 올리면 '댓글'이나 '좋아요'가 얼마나 되는지 신경 쓰여 수시로 들여다보게 돼요. 댓글이 하나도 달리지 않거나 '좋아요' 수가 적으면 사람들이 제게 관심을 가지지 않 는 것 같아 올렸던 사진을 다시 내리기도 해요.

SNS를 하자니 저와 맞지 않는 것 같고, 안 하자니 친구들의 소식을 알 길이 없어요. 어떻게 하는 게 좋을까요?

어느새 SNS는 우리 삶과 뗄 수 없을 정도로 가까워졌습니다. SNS를 하는 사람보다는 안 하는 사람을 찾기가 더 어려워졌죠. 그렇다면 SNS는 어느 정도 선으로 활용해야 하는 걸까요?

저의 경우를 조금 이야기해 보겠습니다. 20대 후반, 저는 다니던 직장을 그만두고 한 달만 쉬기로 했습니다. 열심히 일하며 모든 열정을 소모하고 나니 쉬고 싶은 생각만 간절했어요. 그때 유일하게 하고 싶었던 일이 아무 생각 없이 하루 종일 책만 읽는 것이었습니다. 모든 일을 내려놓고 매일 아침 도서관으로 향했죠.

하지만 일주일쯤 지나자 몸이 근질거리기 시작하더라고요. 책을 읽으며 배운 지식을 누군가에게 이야기해 주고 싶었고, 책을 읽으며 떠오른 질문들에 대해 대화를 나누고 싶어졌습니다. 그때 저는 SNS를 떠올렸어요. 왠지 비슷한 관심사를 가진 사람들이 있을 것만 같았죠. 그렇게 시작한 SNS를 통해 평소보다 훨씬 많은 사람과 이야기를 나눌 수 있게 되었어요.

저는 SNS를 통해 많은 것을 얻었습니다. 다양한 사람들과 친구를 만나고 사귈 수 있었거든요. 강연 기회를 얻기도 했고 글쓰기에 관심을 가지게 되기도 했어요. SNS에서 시작된 글쓰기에 관한 관심은 블로그를 시작하게 했고, 이어서 책을 주제로 유튜브 채널까지 만들게 했습니다.

이렇듯 SNS는 자신의 목적에 맞게 잘 활용하면 충분히 좋은 서비스가 될 수 있습니다. 하지만 장점만 있는 것은 아니죠. 분명히 단점도 존재하긴 합니다.

『괜찮아지는 심리학』의 저자인 팀 보노는 자신이 가르치는 학생들에게 페이스북에 관련된 설문 조사를 실시했습니다. 조사 결과 학생들이 페이스북에서 보내는 시간이 길수록 페이스북 외의 거의 모든 생활이 악화되고 있다는 사실이 나타났습니다.

SNS의 가장 큰 단점은 우리를 끊임없이 타인과 비교하게 만든다는 점입니다. 게다가 인정 욕구도 끊임없이 자극해대죠. 항상 나보다 나은 사람과 나 자신을 비교하게 만들고, 겉모습이 중요하게 만드는 경우가 많습니다.

SNS는 잘 활용하면 충분히 좋은 서비스가 될 수 있어요. 하지만 자신의 의도가 아닌 분위기에 휩쓸려 시작한다면 단점만 부각될 수도 있어요. 끊임없이 새로운 소식을 확인하게 되고, 다른 사람들의 반응을 확인하게 되고, 나보다 잘난 사람과 나를 비교하게 됩니다. 자신만의 원칙이 없다면 SNS는 독이 될 수밖에 없을 겁니다.

'나에게 SNS란 무엇일까?' 고민이 될 때는 이렇게 스스로에게 질문을 던져 보세요. 나에게 SNS란 무엇인지, SNS를 통해 얻을 수 있는 것은 무엇인지, SNS를 통해 잃을 수 있는 것은 무엇인지 말이에요.

SNS는 인간관계의 또 다른 수단일 뿐이에요. 현실의 관계가 SNS를 통해 더욱 돈독해지는 것은 분명 긍정적인 효과죠. 하지만 SNS를 통해 얻는 것보다 잃는 것이 더 많다면 굳이 해야 할 필요는 없을 거예요.

남들이 한다고 무조건 해야 하는 것도 아니고, 남들이 하지 않는다고 덩달아 하지 말아야 하는 것도 아닙니다. 당신이 원하는 인간관계의 방식은 당신이 직접 선택하면 돼요. 고민해 보고, 직접 경험해 보고 자신에게 맞는 방식을 선택하면 되는 겁니다. 그것이 자기 인생의 주인공이 되는 방법입니다.

#

새로운 친구를
사귀는 게
두려울 때

Q 몇 달 전 친구의 소개로 한 모임에 나가게 됐어요. 평소 새로운 친구를 사귀는 게 어려운 제게는 쉬운 일이 아니었죠. 거기에서 남자친구를 사귀게 되었지만 관계가 오래 지속되지는 않았습니다. 처음에는 헤어짐과 동시에 모임도 정리할 생각이었지만 다른 좋은 사람들과 헤어지고 싶지는 않았어요. 한동안 계속 모임에 나갔지만 저보다는 주변 사람들이 더 불편하게 느끼는 것 같아 더 이상 모임에 나갈 수 없었습니다. 더 큰 문제는 이번 일로 제가 마음의 문을 닫게 되었다는 점이에요.

이번 일로 인간관계에 대한 두려움이 더 커졌어요. 앞으로 저는 새로운 사람들을 만날 수 있을까요?

인간관계는 누구에게나 어렵습니다. 기분에 따라, 상황에 따라, 사람에 따라 달라지기 때문에 항상 좋을 수만은 없는 게 인간관계입니다. 그만큼 항상 나쁘기만 한 것도 아닌데요, 이 문제는 앞으로 어떻게 풀어나가는 게 좋은 걸까요?

사람은 살면서 다양한 관계를 맺습니다. 다양한 관계를 맺다 보면 그에 비례하여 다양한 감정을 마주하게 되죠. 대화가 잘 통하는 친구와는 자주 만나고 싶고, 배울 것이 많은 사람에게는 존경을 느끼고, 취향이 비슷한 사람에게서는 동질감을 느끼게 됩니다.

동시에 누구나 인간관계로 인한 상처를 가지고 있습니다. 당신만 인간관계를 어려워하는 건 아니에요. 인간관계에 문제가 없어 보이는 사람들도 상처가 회복됐을 뿐일지 몰라요. 상처 받을까 두려워 관계 맺기를 포기한다면, 그 상처는 치유되기는커녕 더 커질 수밖에 없습니다. 누구에게나 다 그런 시기가 있다고 생각해야 합니다. 당신에게만 문제가 있다고 자책하지 마세요.

인간관계에 아픔이 있는 사람은 아픔을 보듬어 줄 수

있는 사람을 만나는 게 가장 좋아요. 긍정적인 친구, 아픔에 공감해 줄 수 있는 친구를 만나야 합니다. 아무런 비판이나 비난 없이 온전히 당신의 아픔을 감싸줄 수 있는 그런 사람 말이에요.

만약 주변에 그런 사람이 없다면 간접적인 관계를 맺는 것도 도움이 됩니다. 상처 받은 마음을 위로해 줄 책을 읽거나, 마음이 따뜻해지는 영화를 보거나, 고민 상담에 관한 글이나 영상을 찾아보는 것도 한 가지 방법이 될 수 있죠. 우리에게는 기쁠 때 함께 웃어 줄 사람이, 힘들 때는 곁에서 힘이 될 사람이 필요합니다.

"스스로 매력적인 사람이 되자"

저에게도 남들과 다른 길을 걸으며 혼자가 된 시기가 있었습니다. 대학교를 졸업하고 전공과 전혀 관련이 없는 일을 시작하며 친구들과 멀어지기 시작했죠. 더 이상 새로운 친구를 사귀지 않으니 점점 혼자가 되어갔습니다.

그때 우연히 선택한 방법은 '매력적인 사람 되기'였어요. 그 당시에도 지금처럼 열심히 책을 읽고 있었는데, 혼자 보기 아까운 글들을 SNS에 올렸고 그걸 꾸준히 하다 보니 관심을 가져 주는 사람이 늘어가더라고요. 먼저 찾아오는 사람이 생겼고, 먼저 다가가면 반겨 주는 사람도 생기게 되었죠. 그렇게 지금도 새로운 사람을 하나둘 사귀어 가고 있는 중입니다.

주변 사람들은 제가 인간관계에 능숙하다고 생각해요. 하지만 저 역시 모르는 사람에게 먼저 다가가는 일이 쉽지만은 않습니다. 심지어 찾아와 주는 사람을 만나러 가는 길도 어렵게 느껴질 때가 있어요.

누군가에게 먼저 다가가기 어려울 때는 다른 사람들이 먼저 다가올 수 있도록 스스로 매력적인 사람이 되는 방법이 하나의 대안이 될 수 있습니다. 다른 사람들이 먼저 당신에게 다가온다면, 그때는 스스로 자신의 인간관계를 선택할 수 있지 않을까요?

매력적인 사람 주변에는 매력적인 사람이 모이는 법입니다. 사람들은 결국 자신과 비슷한 사람을 더욱 편하게 생각하기 때문이죠. 당신 스스로 빛이 나는 사람이 되고, 빛을 내는 다른 사람들과 함께 더 큰 빛을 내는 사람이 되기를 바랄게요.

# #

공부할
시간과
친구 사이에서

Q 저는 2년째 고시 공부를 하고 있어요. 나름대로 공부에
최선을 다했지만 첫 시험에서 실패하고 말았죠. 이대로
합격은 어림도 없겠다는 생각에 핸드폰도 정지하고 공
부에만 전념하고 있어요. 확실히 공부에 집중하는 시간
은 늘어났어요. 문제는 친구들과 연락이 안 된다는 점이
었죠. 연락이 안 되니 모임에도 못 나가고, 친구들을 만
나기도 어려웠어요. 그렇게 점점 친구들과 멀어지고 있
습니다.

**공부에만 집중하고 싶어서 한 선택이지만, 꼭 이렇게 공
부와 친구 중 하나만 선택해야 하는 걸까요?**

저 역시 대학교에 다니던 도중에 휴학을 하고 고시 공부를 한 적이 있습니다. 그때는 저도 많은 친구를 떠나보내야 했습니다. 연락이 안 되니 자연스레 친구들과 사이가 멀어졌죠. 아무리 내 목표가 중요하다고 하지만, 꼭 친구들을 모두 잃어가면서까지 공부해야 하는 걸까 하는 생각을 똑같이 했던 기억이 납니다.

사실 큰 목표를 달성하기 위해서는 마음에 흔들림이 없어야 하는 게 당연합니다. 흔들림 없이 나아가기 위해서는 목표를 달성하고자 하는 명확한 이유가 필요하죠. 그러니 우선 자신에게 이 질문을 던져 봅시다. "나는 왜 공부하는가?"

새로운 목표가 생겼을 때 사람들은 대개 두 가지 행동 패턴으로 나뉩니다. 주변 사람들에게 자신의 목표를 알리거나 혹은 혼자만의 비밀로 간직하는 것입니다. 대부분의 경우에서 새로운 결심을 하고 도전을 할 때는 주변 사람들에게 알리는 것이 도움이 될 때가 많습니다. 주변 사람들에게 자신의 목표를 알림으로써 각오를 다질 수 있고, 목표를 이루는 데 도움을 받는 경우도 있을 수 있거든요.

물론 단점도 있을 수 있습니다. 도전을 비웃거나, 성과가 안 나올 때 포기하라고 말거거나, 수시로 참견하는 사람 등이 있을 수 있죠. 하지만 자신의 목표를 혼자만의 비밀로 간직한다면 다른 사람의 이해나 도움은 아예 바랄 수 없는 게 아닐까요.

실패했을 때를 생각하면 혼자만의 비밀로 간직하고 싶은 마음도 이해합니다. 하지만 결과가 나오기 전까지는 실패를 생각할 필요가 없습니다. 도전하는 용기와 열심히 노력하는 과정은 결과에 관계없이 분명히 자신의 삶에 큰 무기가 될 수 있을 거예요.

친구 관계도 끊임없이 관심과 노력을 쏟아야 하는 영역입니다. 한번 친구가 됐다고 평생 친구가 되는 건 아니기 때문이죠. 서로 관심을 가지지 않으면 멀어지는 게 당연해요. 하지만 고시 공부는 많은 시간과 노력을 쏟아야 하는 일이죠. 공부만 해도 될까 말까인데 친구 관계에 집중이 분산된다면 합격에서 멀어지는 게 당연할 겁니다.

공부를 하면서도 친구 관계를 유지하고 싶다면 먼저, 친구들에게 이해를 구해야 합니다. 당신이 어떤 목표를 향해 달려가고 있고, 어떤 도움이 필요한지 미리 이야기해야 합니다. 이해를 하지 못하는 친구가 있을지도 모르죠. 하지만 진정한 친구라면 언제든 그 자리에서 기다려 주게 마련입니다.

언제나 당신을 응원해 주는 친구가 있다면 그 친구가 진정한 친구일지도 모릅니다. 그런 친구가 있다면 다른 친구 몇 명과 멀어지더라도 크게 상관없지 않을까요?

당신의 인생에서는 당신이 가장 우선이 돼야 해요. 당신이 바로 서야 가족도, 친구도, 일도 있는 법이죠. 친구들이 걱정된다면 그들에게 이해를 구하고 도움을 요청하세요. 그렇게 받은 이해와 도움은 당신이 잘돼서 친구들에게 더 많이 돌려주면 됩니다.

#

인싸
되는 법

Q

모임에 나가는 것이 두려워진 회사원입니다. 20대에는
모임에 나가는 걸 정말 좋아했어요. 다양한 친구도 사귈
수 있고 활발한 분위기도 즐길 수 있었죠. 하지만 30대
가 되자 동호회 모임이나 회사 내 모임 등 아직 친하지
않은 사람들이 나오는 모임은 어색함을 느낄 때가 많아
요. '나를 반겨 주지 않으면 어쩌지?'라는 걱정에 두려울
때가 있어요.

**모임에 나가서 다른 사람들에게 환영받는 사람이 되는
방법은 따로 없을까요?**

A 모임에 나갔는데 모든 사람이 환영해 준다면 기분 좋은 게 당연합니다. 하지만 나를 잘 모르는 사람들은 환영해 주지 않는 게 당연할지도 모릅니다. 어딜 가든 환영받는 사람이 될 수 있다면 좋을 텐데요, 그런 사람이 되는 방법은 무엇일까요?

저는 다른 사람들과 대화 나누는 자리를 좋아합니다. 지인들과 만나서 대화를 나누는 것도 좋아하고, 새로운 사람들을 만나서 대화를 나누며 서로 알아가는 것도 좋아하죠. 그렇게 다양한 사람을 만나며 대화가 잘 통하는 사람들과 지속적으로 관계를 맺어 가고 있습니다.

그러다 보니 곁에 소중한 인연이 하나둘 쌓여 가기 시작했습니다. 만나고 싶은 사람, 만나야 할 사람이 점점 더 많아져 갔죠. 아무리 사람을 만나는 걸 좋아해도, 나의 모든 시간과 에너지를 다 쏟아부을 수는 없었습니다. 더 지치기 전에 새로운 방법을 찾아야만 했죠.

그렇게 찾은 방법이 직접 모임을 만드는 방법이었습니다. 지인들 중에 서로 대화가 잘 통하고 취향이 비슷할 것 같은 사람들을 한자리에 모으기 시작했죠. 직접 모임을 만들고 나니 내가 만든 모임의 주인공은 내가 되기를 바라게 되더라고요. 하지만 바람과는 다르게 대부분의 모임이 제가 없어도 잘 유지됐습니다. 그런 모습을 보며 질투심을 느낄 때도 있긴 했어요.

그럼에도 모임은 언제나 즐거웠습니다. 하지만 지금처럼 내가 주인공이 되기를 바라고 다른 사람의 관계를 질투한다면 이 즐거움을 잃어버릴 것만 같아 결국 단순하게 모임을 즐기기로 결심했습니다.

파티에서 반드시 내가 주인공이 될 필요는 없을 거예요. 물론 다른 누군가가 주인공이어야 할 필요도 없죠. 모임은 모두 함께 즐기기 위한 자리입니다. 누가 주인공이 되는지는 중요하지 않아요. 중요한 것은 즐길 수 있느냐 없느냐가 아닐까요.

"모두가 주인공일 필요는 없다"

『카네기 인간관계론』의 데일 카네기는 다섯 살 때 '티피'라는 이름의 강아지를 키웠습니다. 티피는 카네기의 어린 시절 중 빛이자 기쁨이었다고 합니다. 하지만 어느 날 비극이 찾아오고 말았습니다. 티피가 벼락에 맞아 죽은 것이었죠. 티피의 죽음은 카네기에게 있어 비극으로 남았습니다. 하지만 카네기는 티피에게서 인간관계의 핵심에 대해 배울 수 있었다고 말합니다.

티피는 타고난 본능으로 다른 사람들이 자신에게 관심을 갖게 하는 방법을 알고 있었다고 합니다. 다른 사람들이 자신에게 관심을 갖도록 노력하기보다 자신이 다른 사람들에게 관심을 가짐으로써 수많은 친구를 쉽게 사귈 수 있었다는 거죠.

우리는 누군가에게 관심을 받기 위해 많은 노력을 합니다. 하지만 다른 사람이 내게 관심을 가지도록 만드는 일은 쉬운 일이 아닙니다. 누군가에게 환영받는 사람이 되기 위해서는 내가 먼저 상대방에게 관심을 가지는 사람이 되어야 합니다. 사람은 자신에게 관심을 보이는 사람에게 관심을 가지는 법이니까요.

사실 관심받기를 싫어하는 사람은 없어요. 과도한 관심을 싫어하는 사람은 있겠지만, 적당한 관심은 누구나 바라는 일이에요. 어딜 가든 환영받는 사람이 되고 싶다면, 먼저 상대방에게 관심을 가지는 사람이 되어 보길 권합니다.

# #
젊은 꼰대는
되고 싶지
않은데

저는 평소 주변 사람들에게 조언을 많이 합니다. 제게 고민을 상담하는 사람도 있고, 제 조언이 도움이 된다며 다시 조언을 요청하는 사람도 있습니다. 그런데 문득 이런 생각이 들었습니다. '내가 하는 조언이 잔소리가 되지는 않을까?' 요즘은 '젊은 꼰대'라는 말이 있습니다. 혹시 제가 그 젊은 꼰대인 건 아닐까 걱정이 되기도 합니다.

조언이 잔소리가 되지 않으려면 어떻게 해야 할까요?

조언과 잔소리는 한 끗 차이입니다. 같은 말을 해도 조언으로 받아들이는 사람이 있고, 잔소리로 받아들이는 사람이 있죠. 같은 사람에게 같은 말을 해도 상황에 따라 조언이 될 수도 있고, 잔소리가 될 수도 있습니다. 그만큼 조언과 잔소리를 구분하기는 어렵습니다.

사람이 타인에게 조언을 할 때는 진심으로 상대방에게 도움이 되었으면 하는 마음으로 건네거나, 상대방보다 내가 더 잘 안다는 생각으로 말하기도 합니다. 하지만 그 조언이 상대방에게 실제로 도움이 될지는 알 수 없죠. 조언을 받아들일지 말지는 말하는 당사자가 아니라 듣는 상대방이 결정하기 때문입니다. 어쩌면 누군가에게 조언을 하는 이유는 상대방을 위한 것이 아니라 나 자신을 위한 것일지도 모르겠어요.

자신이 겪어 본 일이라고 해도 나의 정답이 다른 사람에게도 똑같이 정답이지는 않을 수도 있겠죠? 저 역시 20대에는 몰랐던 사실입니다. 그때는 과거에 내가 했던 고민을 똑같이 하는 사람이 있다면, 내가 찾아낸 정답이 상대방에게도 정답이 될 거라고 생각했어요. 하지만 나에게 정답이었던 게 모든 사람에게 정답이 되는 건 아니었다는 걸 뒤늦게 깨달았습니다. 이 사실을 깨달은 이후로는 조언을 건넬 때 항상 조심하고 있습니다.

조언이 잔소리가 되지 않기 위해서는 나보다 상대방을 먼저 생각해야 합니다. 상대방이 내 조언을 원하는지, 아니면 단순히 고민을 털어놓을 상대방이 필요한지 잘 살펴야 하죠. 그래서 누군가 고민을 털어놓으면 먼저 상대방의 이야기를 충분히 귀 기울여 듣는 게 중요합니다. 무엇이 고민인지, 어떤 생각을 하고 있는지, 내게 원하는 것은 무엇인지를 살펴보아야 합니다.

다른 사람의 이야기를 듣다 보면 여전히 조언을 건네고 싶을 때가 많아요. 하지만 상대방이 굳이 조언을 구하지 않을 때는 그저 상대방의 이야기를 열심히 듣기만 한다는 원칙을 세웠습니다. 때로는 감정을 이해해 주고 누군가 들어 주는 것만으로도 위로가 될 때가 있고, 고민이 해결될 때도 있거든요.

결론을 내자면, 조언이 잔소리가 되지 않게 하려면 섣불리 조언을 하지 않으면 된다는 것입니다. 조언 자체를 하지 않으면 잔소리가 될까 걱정해야 할 일도 없겠죠. 상대방이 요청하지 않은 조언은 언제나 잔소리가 되기 쉽다는 걸 명심해야 합니다.

만약 조언을 요청하는 사람이 있다면 조심스럽게 건네야 합니다. 내가 아는 답이 상대방에게는 답이 되지 않을 수도 있다는 사실을 늘 기억하면서 말이죠. 더불어 자신의 답을 상대방에게 강요해서도 안 됩니다.

진정한 조언은 답을 알려 주는 게 아니에요. 상대방의 생각을 확장시켜 스스로 자신만의 답을 찾을 수 있도록 돕는 것이 진정한 조언의 역할이라고 할 수 있습니다.

당신의 조언이 상대방에게는 조언이 될지, 잔소리가 될지는 알 수 없어요. 그렇기 때문에 조언은 항상 조심히 건네야 해요. 조언이 상대방에게 도움이 될 때도 있지만, 때로는 상처를 줄 때도 있어요. 조언이 필요한 사람은 자신이 먼저 요청하기 마련이에요. 그러니 '잘 들어 주는 사람'부터 되어 보는 건 어떨까요?

애인이 생기고
친구가
변했다면

Q 어느 날 단짝 친구 A에게 여자친구 B가 생겼습니다. 그 때부터 A는 조금씩 달라지기 시작했어요. B는 저와 A의 관계를 친구 이상의 관계라며 이상하게 생각했어요. 저 역시 B 때문에 A를 만나는 일이 조금씩 불편해지기 시 작했죠. 더 큰 문제는 B가 A의 모든 인간관계를 망치고 있다는 점이었어요. A는 제게 정말 소중한 친구예요. 하 지만 점점 변해 가는 A의 모습에 '이 친구와의 관계를 정리해야 하나'라는 생각까지 들기도 해요.

전 어떻게 하는 게 좋을까요?

소중한 친구를 잃는 일은 정말 가슴 아픈 일입니다. 하지만 친구가 변했다고 해도 쉽게 놓아주기는 어렵습니다. 사람이 그렇게 갑자기 바뀔 수도 있는 걸까 한번 생각해 봅시다.

인간은 자신의 의지보다 환경에 더 많은 영향을 받습니다. 의지가 아무리 강한 사람이라고 해도 주변에 어떤 사람이 있느냐, 어떤 환경에 노출되느냐에 큰 영향을 받게 마련이죠. 다시 말해, 환경이 바뀌면 친구 관계나 연인 관계 역시 바뀔 수 있다는 말이 됩니다.

대학생 시절에 저는 술자리를 꽤 좋아했습니다. 술을 좋아하지는 않았지만 술자리의 분위기를 좋아했던 거죠. 술을 마시고 기분 좋은 상태에서 즐거운 이야기를 나누고, 게임을 하며 신나게 노는 분위기가 좋았습니다. 그래서 친구도 대부분 술자리를 좋아하는 친구들이 되었죠.

하지만 학교를 졸업하면서 친구들과 다른 길을 걷게 되었습니다. 직장이 아니라 홀로 살아남는 길을 선택하다 보니 남들보다 훨씬 많은 노력이 필요했어요. 술을 마시고 컨디션을 망칠 수는 없었죠. 그러다 보니 술자리보다는 밥을 먹고 카페에서 대화를 나누는 방식을 더 선호하게 되었습니다.

살아가는 환경이 달라지니 친구들을 만나는 방식도 달라졌습니다. 또한 만나는 친구들도 달라졌고요. 예전에는 누군가를 만나는 목적이 '놀이'뿐이었다면, 이제는 나와 상대방의 성장하는 모습을 보고 즐기기 위해 친구들을 만나는 것으로 목적이 바뀌었습니다.

이런 식으로, 환경이 바뀌면 관계도 얼마든 바뀔 수 있습니다. 상대방의 변화가 내게 반가운 변화일 수도 있고, 반갑지 않은 변화일 수도 있겠죠. 하지만 상대방의 인생에 이래라저래라 할 수는 없는 겁니다. 아무리 친한 친구라도 친구의 인생을 대신 결정할 권리는 없기 때문이죠.

그래서 고민 상담을 하다 보면 많이 하게 되는 말이 있습니다. '사람은 자신과 잘 맞는 사람과 어울린다' 대부분의 사람들은 자신과 대화가 잘 통하는 사람을 좋아합니다.

만약 A가 지금의 여자친구인 B와 연애를 계속 이어나간다면, 결국 A는 B와 잘 맞는다고 볼 수밖에 없겠죠. 하지만 B와의 연애가 끝난다면 또 다른 모습으로 바뀔지도 몰라요. 그 모습은 당신이 전에 알던 모습일 수도 있고, 전혀 다른 모습일 수도 있습니다.

그렇기 때문에 정말 소중한 친구라면 그가 돌아올 자리를 언제든 비워 두면 됩니다. 당신 마음에서 친구를 떠나보내지만 않는다면 언제고 제자리로 돌아올 수 있어요. 친구가 변했다고 지금 당장 결정해야 할 필요는 없습니다. 진정한 친구라면 그저 그 자리에 계속 있어 주는 것만으로도 충분할 겁니다.

물론 친구 관계라고 해도 다 똑같지는 않아요. 사람마다 조금씩 다른 관계를 맺게 되지요. 같은 친구와도 관계가 수시로 변하기도 하고요. 잠깐 만나고 헤어질 친구가 아니라면, 조금 더 느긋하게 기다려 주는 것은 어떨까요?

먼저
사과하는 게
지는 것 같아서

Q 어릴 때부터 같은 동네에서 자란 단짝 친구와 사소한 일로 다퉜습니다. 이야기를 나누다 의견이 충돌했고, 우리는 둘 다 자신의 주장을 굽히지 않았습니다. 결국 감정이 상했고, 화해를 하지 못한 채 자리에서 일어났습니다. 그 이후 연락을 하지 않고 지내고 있지만, 저는 친구와 화해를 하고 싶습니다. 하지만 제가 먼저 연락하고 싶지는 않아요. 제가 잘못한 것도 아니고, 먼저 연락하면 제 잘못이라고 인정하는 것 같아요.

이럴 때 친구와 화해하려면 어떻게 해야 할까요?

A 보통 친한 친구와는 허물없이 지내는 경우가 대부분이죠. 서로에 대해 잘 알고, 서로를 잘 이해해 줄 거라고 생각하기 때문입니다. 하지만 아무리 오랜 친구고 아무리 가까운 사이라도 상대방을 향한 존중과 배려를 잊으면 안 됩니다. 어쩌면 당신은 문제를 해결하는 방법을 이미 알고 있을지도 모르겠네요.

기본적으로 내 인간관계는 내가 선택하는 겁니다. 계속 만나고 싶은 사람은 가까이하면 되고, 나와 맞지 않는 사람은 언제든 멀리하면 되죠. 또, 곁에 두고 싶은 친구가 있다면 그렇게 하면 됩니다. 장애물은 치워버리면 그만이고, 관계가 틀어졌다면 바로잡으면 됩니다. 너무 많은 생각은 오히려 판단을 어렵게 만들 뿐이에요.

친구와의 관계가 꼬였다면 그 꼬인 매듭은 되도록 빨리 푸는 게 좋습니다. 매듭을 풀지 않으면 평생 마음 한편에 남아 당신을 괴롭힐지도 모릅니다. 상대방을 다시 안 볼 생각이라고 하더라도 꼬인 매듭은 푸는 게 좋아요. 상대방을 위해서라기보다는 나 자신을 위해서 그렇게 해야 합니다.

"자신의 잘못을 먼저 인정하자"

데일 카네기는 『카네기 인간관계론』에서 자신과 비서의 일화를 들려줍니다. 데일 카네기의 조카인 조세핀 카네기는 열아홉 살로, 직장 경험은 없지만 데일 카네기의 비서가 되기 위해 뉴욕으로 향했습니다. 경험이 없는 조세핀은 당연히 일에 미숙할 수밖에 없었죠. 일하며 야단을 맞을 일도 많았다고 합니다.

하지만 조세핀은 카네기의 열아홉 살 시절보다 더 나은 사람이었다고 합니다. 또한 조카의 나이는 현재 자신의 나이보다 두 배는 더 어렸고, 일의 경험도 거의 없던 상황이었다고 해요. 그런 조카에게 카네기 자신이 가진 생각과 판단, 창의력을 기대하는 건 무리였죠. 이후 데일 카네기는 그의 잘못을 지적하기에 앞서 자신 또한 완벽한 사람이 아님을 인정한 후에야 조카의 실수를 지적할 수 있었다고 합니다.

친구 사이에서 상대방의 잘못을 지적하는 것은 관계를 망치는 지름길이 됩니다. 친구 관계는 동등한 관계이기 때문이죠. 그래서 누군가 상대방의 잘못을 지적한다면 당연히 감정이 상할 수밖에 없어요. 데일 카네기의 일화에서 볼 수 있듯이, 상대방의 잘못을 지적하려면 자신의 잘못과 부족함을 먼저 인정해야 합니다.

관계에 문제가 생겼다면 어느 한쪽만의 잘못이라고 할 수 없습니다. 잘못은 나를 포함한 당사자 모두에게 있어요. 단지 자신의 잘못이 무엇인지 모를 뿐이고, 자신보다 상대방에게 더 큰 잘못이 있다고 생각할 뿐이죠.

자신의 잘못을 인정할 줄 아는 사람은 현명한 사람입니다. 자신의 잘못을 인정하기 위해서는 잘못을 정확히 인지할 수 있어야 하고, 남 탓을 하지 않아야 하기 때문이죠. 관계는 갈등을 겪고, 오해를 풀고, 서로를 더욱 잘 이해하게 됨으로써 점점 더 돈독해질 겁니다.

친구와 다퉜다고 인연을 끊을 필요는 없어요. 내가 진정으로 아끼는 친구라면 먼저 다가가세요. 오히려 갈등을 해결한 후 더욱 절친한 관계가 될지도 몰라요. 때로는 단순한 의견 차이가 다툼으로 이어질 때도 있겠죠. 그런 단순한 의견 차이나 사소한 문제가 친구 관계를 끊을 만큼 큰 문제일지 다시 한번 생각해 보는 게 좋겠습니다. 진정한 친구는 그렇게 만들어 가는 게 아닐까요?

# #

인간관계는
기브 앤 테이크?

Q 저는 평소 낯을 가리지 않아 처음 보는 사람과도 금방 친해집니다. 그리고 사람을 사귈 때 비밀이 없는 편이라 조금만 친해져도 개인적인 이야기를 서슴없이 꺼내곤 하죠. 하지만 상대방에게서 조금이라도 맞지 않는 부분을 발견하면 바로 그 사람을 멀리하게 됩니다. 누구와도 금방 친해질 수 있는 제 성격이 마음에 들기는 하지만 이렇게 다른 사람에게 쉽게 실망하고, 무언가를 기대하고, 마음을 금방 닫아 버리는 성격은 바꾸고 싶습니다.

방법이 있을까요?

사람은 원래 자신이 관심을 쏟은 만큼 관심받기를 원합니다. 누군가와 친해졌을 때 상대방에게 잘해 준 경험이 있다면 자신도 모르게 상대방에게 무언가를 기대하게 됩니다. 그렇다면 주는 만큼 받을 수 있는 사람만 사귀어야 할까요?

사람들은 흔히 주는 만큼 받기를 원합니다. 심지어 주지도 않고 받기만을 바랄 때도 있죠. 인간관계 역시 마찬가지입니다. 상대방에게 관심을 쏟으면 그만큼 상대방도 내게 관심을 쏟기를 바라게 되죠. 상대방에게 무언가를 주는 순간 받기를 기대하게 되고, 원하는 만큼 받지 못하거나 아무것도 받지 못했을 때는 실망하게 됩니다.

인간관계에 회의를 느낄 때는 크게 두 가지 해결 방법이 있을 수 있겠습니다.

첫 번째 방법은 더 이상 주지 않는 방법입니다. 내 마음을 누구에게도 주지 않으면 나도 누군가에게 똑같이 받기를 바라지 않겠죠. 그러면 다른 사람들에게 기대를 하지 않게 되고 기대를 하지 않으니 실망할 일도 사라지게 됩니다.

애초에 마음을 주지 않으면 상처 받을 일도 없다는 말

과 일맥상통합니다. 하지만 이 방법에는 단점이 있어요. 필연적으로 외로움이 뒤따른다는 점이 바로 그것입니다. 누구에게도 마음을 주지 않으면 마찬가지로 누구도 내게 마음을 주지 않게 되겠죠. 새로운 관계를 맺는 건 점점 더 어려워질 테고 지금까지 이어온 관계 역시 하나둘 끊길 수 있는 위험이 있어요.

그럼에도 불구하고 요즘에는 이 첫 번째 방법을 선택하는 사람이 많은 것 같기도 합니다. 당연히 자기 인생이니 선택은 자신의 몫이겠지만, 그 선택이 진정 자신을 위한 선택인지는 한번 진지하게 생각해 봐야 하지 않을까요?

"인간관계는 '기브 앤 기브'가 기본이다"

두 번째 방법은 주고 또 주는 방법입니다. 사람은 누구나 준 만큼 받기를 바랍니다. 하지만 처음부터 받기를 포기하고 '주고 잊어버리자' 하고 생각한다면 '준 만큼 받아야 한다'라는 생각도 내려놓을 수 있습니다.

지금도 저는 여전히 많은 사람에게 마음과 시간을 내어

주고 관심을 쏟고 있습니다. 이전과 달라진 것이 있다면 마음가짐뿐일 겁니다. 지금은 떠나가는 사람보다는 곁에 남은 사람들에게 집중하고 있어요. 떠나가는 사람이 많은 만큼 곁에 남는 사람도 많아지고 있거든요. 떠나가는 사람들 역시 나와의 만남을 통해 무언가를 얻었다면 그걸로 만족하게 되었습니다. 이제는 더 이상 상대방에게 무언가를 바라고 주는 것이 아니기 때문이죠.

주고 또 주다 보면, 그런 마음을 알아주는 사람도 반드시 생기게 돼요. 상대방에게 쉽게 마음을 여는 건 잘못이 아니에요. 잘못된 것이 있다면 상대방에게 무언가를 기대하는 마음이겠죠. 마음을 닫고 살면 상처 받을 일은 없을지도 모릅니다. 하지만 진실되고 좋은 사람을 만날 기회 역시 잃어버리게 되겠죠.

사람은 무의식중에 '주는 만큼 받아야 손해를 안 본다'라고 생각해요. 인간관계를 이득과 손해로만 따진다면, 누군가 이득을 보는 순간 손해를 보는 사람이 반드시 생기기 마련입니다. 이제는 관점을 바꿔 상대방에게 무엇을 줄 수 있을지 고민해 보는 건 어떨까요?

# #
직장 동료가
제일
어려울 때

Q 직장 동료와의 갈등 때문에 고민이 많은 30대 후반의 여자입니다. 제가 일하는 곳에는 저와, 저보다 10살 어린 후배 B, 그리고 최근에 입사한 C가 있습니다. 문제는 B가 새로 입사한 C와 함께 일하기 싫어한다는 것이었어요. 결국 선배인 제가 B 대신 상사에게 말씀드려보기로 했죠. 하지만 B는 잠시를 기다리지 못하고 계속 재촉했어요. 저는 결국 B에게 짜증을 냈고, 서로 기분이 상한 채로 퇴근했어요. 그 이후로는 B와 대화를 한 적이 없어요.

저는 이 문제를 어떻게 해결해야 할까요?

사회생활을 하다 보면 자연스레 다른 사람과 부딪힐 일이 생깁니다. 성격도 다르고, 일하는 방식도 다르고, 서로 원하는 것도 다르기 때문입니다. 직장이 아니라면 안 보면 그만이겠지만, 직장 동료와 사이가 틀어진다고 안 볼 수는 없는 노릇이겠죠. 이런 상황에서는 어떻게 하는 게 가장 현명한 방법이 되는 걸까요?

보통 인간관계는 자존심 때문에 틀어지는 경우가 많습니다. 다른 사람으로부터 상처를 받지 않기 위해 자신을 지키다 보면, 자신은 지키더라도 관계를 잃는 경우가 생기죠. 그렇다면 자존감과 자존심의 차이는 무엇일까요?

먼저, 자존감이란 자신을 존중하고 사랑하는 마음을 의미합니다. 자존감이 높은 사람은 상대가 나를 어떻게 평가하는지에 휘둘리지 않고, 자기 자신의 평가를 신뢰하죠. 부족함을 인정할 줄 알고, 스스로 보완할 줄도 알아요. 그래서 자존감이 높은 사람들은 인간관계에서 생기는 문제를 원만하게 해결하는 경우가 많습니다.

다음으로, 자존심이란 남에게 굽히지 않고 자신의 품위만 지키려는 마음을 의미합니다. 자존심이 강한 사람은 자신의 생각과 능력을 믿지만, 유연한 사고를 하지 못해 상대방을 존중하지 못할 때가 잦아요. 마찰이 생겼을 때 자신이 상처 받지 않는 일을 최우선으로 생각하다 보니 상대방의 입장을 헤아리지 못하는 경우가 생기게 됩니다.

인간관계에서 생긴 문제의 해결은 잘못을 인정하는 것에서 시작됩니다. 그러나 사람들은 자신의 잘못을 인정하는 순간 불리한 위치에 놓인다고 생각하죠. 실제로도 그렇게 되는 경우가 많기 때문에 쉽게 잘못을 인정하려 하지 않습니다. 하지만 인간관계에서 생기는 문제는 어느 한 사람만의 잘못이 아니에요.

자존감이 높은 사람은 자신의 잘못을 인정할 줄 압니다. 잘못을 인정해도 자신의 존재가 무너지지 않음을 알기 때문이죠. '미안해'라는 말 한마디는 상대방의 닫힌 마음을 여는 열쇠가 됩니다. 하지만 자존심이 강한 사람은 자신의 잘못을 먼저 인정하지 않죠.

'꼭 그렇게까지 해야 할까?' 하는 생각이 들 수도 있습니다. 하지만 결론적으로 볼 때, 자신의 잘못을 인정하고 상대방에게 먼저 손을 내미는 행동은 결국 '나'를 위한 일이 됩니다. 공동체 안에 불편한 사람이 있으면 나도 덩달아 불편한 법이거든요. 자신의 잘못을 먼저 인정하고 상대방에게 손을 내미는 행동은 내 마음을 편하게 만드는 일이고, 내 인간관계를 원만하게 만드는 일이 될 겁니다.

잘못은 상대방에게만 있고, 더 이상 대화할 필요가 없다고 생각한다면 굳이 대화에 나설 필요도 없겠죠. 그저 지금처럼 불편한 관계를 유지하면 됩니다. 일하는 데 문제도 없고, 다시 안 봐도 되는 사람이라면 더더욱 상관없습니다. 하지만 일하는 데도 문제가 되고, 불편한 관계는 해소하고 싶고, 상대방과 원만하게 지내고 싶다면 가장 먼저 대화를 시작해야 합니다.

사람은 대화를 통해 서로의 생각을 공유하고 서로를 이해해 나갑니다. 세상에 나와 완전히 똑같은 사고방식을 가진 사람은 단 한 사람도 없습니다. 똑같은 말도 충분히 다르게 이해할 수 있죠. 그래서 오해가 생기기도 합니다. 이렇게 쌓인 오해는 대화를 통해서만 풀 수 있어요. 대화를 나눠야만 서로의 생각과 감정을 정확히 이해할 수 있게 됩니다.

사회생활을 하다 보면 다른 사람들과 부딪힐 때가 많아요. 불편하다고 피하기만 하면 문제는 절대 해결되지 않습니다. 그건 어느 회사를 가든 비슷할 겁니다. 하지만 자존심을 내려놓고 용기 내어 상대방에게 먼저 다가간다면 문제 해결을 위한 첫 걸음이 될 겁니다. 그런 경험이 쌓이고 쌓이면 그건 결국 나만의 자산이 된다는 걸 기억하세요. 갈등이 생길 때마다 이런 방식으로 적극적으로 해소하려 노력한다면, 앞으로는 갈등이 하나둘 줄어들지 않을까요?

Part 3

사랑,
해피 엔딩을 원할 때

사랑을 두려워하는 것은
삶을 두려워하는 것과 같으며,
삶을 두려워하는 사람은
이미 세 부분이 죽은 상태다.
_ **버트런드 러셀** Bertrand Russell

#사랑 #연애 #이별 #친구와연인사이

# #

연애가
점점
어려워져서

Q 올해로 서른 살이 된 직장인이에요. 얼마 전까지 호감
을 가지고 만나던 사람이 있었지만 상대방은 더 가까운
사이가 되기를 원하지 않는 것 같았어요. 그래서 "이렇
게 애매한 사이로 지낼 바에는 그만하자."고 말했죠. 요
즘은 상대방의 간만 보는 경우가 많은 것 같아 아쉽다는
생각이 듭니다.

**저도 그렇고, 다른 사람들도 그렇고 왜 연애는 점점 더
어려워지는 걸까요?**

A 아마 많은 사람들이 이런 고민에 공감하지 않을까 합니다. 주위를 둘러보면 10대일 때보다 20대, 20대일 때보다 30대의 연애를 더 어려워하는 사람이 많습니다. 경험치는 쌓이는데 연애는 왜 점점 더 어려워지는 걸까요?

어릴 때는 연애에 대해 아는 게 별로 없습니다. 경험이 적다 보니 연애를 어떻게 하는지, 어떤 사람이 자신에게 맞는지, 심지어 내가 어떤 사람을 좋아하는지도 잘 모를 수 있죠. 그래서 상대적으로 연애를 시작하기 쉬운 면이 있습니다. 서로 마음만 맞는다면 그것으로 충분하기 때문이죠.

하지만 경험이 쌓이다 보면 점점 어려워집니다. 아는 것이 많아지기 때문이죠. 나는 어떤 사람인지, 어떤 성향의 연애나 사람을 원하는지 알게 되고, 상대방이 어떤 단점을 가지고 있을 때 자신과 잘 맞지 않는지 파악하게 됩니다. 아는 게 많아지고 자신과 완벽하게 맞는 사람만 찾다 보니 당연히 연애가 쉽지 않게 되죠. 자신이 중요하게 생각하는 조건에 맞지 않을 경우, 상대방이 내 마음에 안 드는 단점을 가지고 있을 경우 연애를 시작하기도 전에 마음을 접는 경우가 점점 많아집니다.

또 다른 이유는 이별의 아픔입니다. 상대방을 사랑하는 마음이 클수록 아픔도 클 수밖에 없습니다. 연애를 한 횟수가 늘어나도 그만큼의 아픔을 경험하게 되죠. 그래서 점점 더 결점이 없는 사람, 나와 정말 딱 맞는 사람을 찾아다니게 됩니다.

조지 베일런트의 『행복의 조건』은 1930년대 하버드에 입학한 학생 268명과 일반 남성 456명, 천재 여성 90명의 삶을 72년간 추적해 행복하고 건강한 삶의 비결을 담았습니다. 많은 사람들이 어른이 되면 '요즘 애들은 우리 때와 다르다'라는 말을 한다고 하죠. 어디서 많이 들어본 말이 아닌가요? 연구 결과에 따르면 시대가 바뀌며 아이들이 달라지는 게 아니라, 나이가 들면서 본인이 달라진 것이라고 합니다.

시대가 바뀐다고 해서 사람이 크게 달라지지는 않을 겁니다. 대부분의 사람은 자신의 어린 시절 모습을 정확히 기억하지 못하기 때문에, 자신보다 어린 사람들을 보며 '나 때는 안 그랬는데…' 하고 생각하게 되는 것입니다.

나이가 들고 점차 경험이 쌓이면 사랑의 모습도 변해 갑니다. 연애 경험이 적을 때는 사랑은 '주거나 혹은 받는 것'이라고 생각하기 쉽습니다. 하지만 연애 경험이 쌓이면 사랑은 '주거나 혹은 받는 것'이 아닌 '주고받는 것'이라고 생각하게 됩니다. 그러다 보니 내가 사랑을 준 만큼 내게 사랑을 줄 수 있는 사람을 찾게 되고, 내가 준 사랑보다 더 큰 사랑을 줄 수 있는 사람을 찾게 되죠.

어릴 때 하던 사랑과 나이가 들어서 하는 사랑은 그 형태가 다른 게 당연합니다. 연애하는 내가 달라지고, 그럼으로 인해 내가 만나는 사람도 달라지니 사랑의 모습 또한 바뀌는 건 당연하지 않을까요?

세상에 완벽한 사람은 없습니다. 그러니까 나와 완벽히 맞는 사람도 없겠죠. 연애 경험이 아무리 많은 사람이라도 자신과 딱 맞는 사람을 콕 집어 찾을 수 없고, 누구를 만나든 맞지 않는 부분이 있기 마련입니다. 서로 전혀 다른 환경에서 살아왔으니까요.

마찬가지로 처음부터 완벽한 사랑은 없습니다. 모든 사랑의 시작은 불완전하다는 사실을 인정해야 사랑을 시작할 수 있어요. 일단 사랑을 시작해야 상대방이 나와 어울리는 사람인지, 함께 발맞춰 나갈 수 있는 사람인지 알 수 있습니다.

사랑은 완벽한 두 사람이 만나서 시작하는 게 아니에 요. 부족한 두 사람이 만나 서로의 부족함을 함께 채워 나가고, 서로의 빛나는 부분을 더욱 밝게 빛나게 만드는 것이죠. 실패하지 않을 완벽할 사랑만 찾다가는 괜히 마음고생만 더 심해질지도 몰라요.

따지는 조건이 많을수록 연애는 어려워집니다. 물론 그렇다고 해서 아무나 만나서도 안 되겠죠. 사람은 원래 만나고 헤어지기를 반복합니다. 그러니 이별을 두려워하지 말고 다양한 사람을 만나보는 게 어떨까요? 여러 사람들을 만나 보면서 함께 잘 맞춰 갈 수 있는 사람을 꼭 찾을 수 있기를 바랄게요.

# #
연락 없는
썸녀

얼마 전 지인과 만나는 자리에서 한 여성분을 알게 되
었습니다. 대화가 정말 잘 통하는 분이라 바로 그 자리
에서 연락처를 교환했죠. 하지만 그분은 이별한 지 얼마
되지 않아 아직은 새로운 사람을 만나고 싶지 않다고 했
습니다. 시간이 좀 필요하다고도 했습니다. 저는 그러자
고 했고요. 하지만 그 이후로 한 번도 먼저 연락이 오지
않았습니다.

**이대로 마냥 그 사람을 기다려도 될까요? 아니면 더 상
처 받기 전에 포기하는 게 나을까요?**

남자는 여자의 속마음을 알기 어렵고, 여자도 남자의 속마음을 알기 어렵습니다. 서로의 마음을 솔직하게 이야기하지 않는데 무슨 수로 상대방의 속마음을 알 수 있겠어요?

본디 사랑을 하면 필연적으로 이별이 따라오기 마련입니다. 그러나 이별의 아픔을 겪은 사람은 또다시 아픔을 겪고 싶지 않아 하죠. 물론 사람은 누구나 아픔을 치유하는 자신만의 방법을 가지고 있습니다. 혼자만의 시간을 가지는 사람도 있고, 다른 사람들과 함께 즐거운 시간을 보내며 잊는 사람도 있습니다. 새로운 연애를 시작하며 아픔 위에 행복을 쌓는 사람도 있겠죠.

만약 상대방이 아직 치유되지 않은 아픔을 지니고 있다면 조심스럽게 다가가야 합니다. 한 번 상처 받은 사람은 두 번 상처 받기 쉬워요. 혼자 있기를 원하는 사람에게 함께 있기를 강요하다가는 또다시 상처를 받고 도망칠지도 모르는 일입니다.

원래 이별의 상처는 쉽게 사라지지 않죠. 아픔의 정도도 사람마다 다르고, 아픔에서 벗어나는 데 걸리는 시간도 사람마다 다릅니다. 자신의 경험만으로 상대방의 감정을 가늠해서는 안 됩니다. 진심으로 상대방이 마음에 든다면, 절대 놓치고 싶지 않은 사람이라면 먼저 그 사람의 감정을 배려해 주려는 마음가짐을 가져야 합니다.

그렇다면 상대방이 먼저 연락을 하지 않거나, 연락에 답을 잘 하지 않는 이유는 무엇일까요?

만약 당신을 마음에 들어 하지 않았다면 먼저 연락하지 않는 건 당연합니다. 애초에 연락을 기다린 적이 없다 보니 당신의 연락이 와도 시큰둥할 수밖에 없죠. 한가할 때는 답장을 할 수도 있지만 바쁠 때는 충분히 무시할 수도 있을 겁니다.

어쩌면 아직 연애에 관심이 없어서일지도 몰라요. 말로는 시간이 필요하다고 해도, 실제 그 안에 담긴 의미는 거절일지도 모릅니다. 천천히 알아가고 싶다는 말이 진심인지 거짓인지는 말한 당사자만 알 수 있으니까요.

그런가 하면, 연락 자체를 중요하지 않게 생각하는 사람도 있습니다. 메시지로 연락하는 것보다는 전화로 이야기하는 걸 좋아하는 사람도 있고, 전화보다는 직접 만나서 대화하는 걸 좋아하는 사람도 있는 것처럼요.

때로는 정말 자신의 마음을 모르는 상태일 수도 있을

거예요. 상대방이 마음에 드는지 안 드는지 본인도 잘 모르는 경우죠. 자신의 마음을 정확히 모르니 연락을 해야 할지 말아야 할지 판단을 내리지 못하다 결국 연락을 하지 못하는 것일 수도 있어요.

대부분의 사람은 사랑의 실패를 두려워합니다. 실패에는 아픔이 뒤따르기 때문이죠. 하지만 연애를 시작하기도 전에 실패부터 대비한다면 연애가 더 어려워지는 게 당연하겠죠. 가장 중요한 건 사랑에 실패란 건 없다는 사실입니다. 실패가 있다면 그건 자신이 사랑에 실패했다고 생각할 때뿐일 거예요.

반드시 서로의 사랑이 만나야만 사랑이 성립되는 건 아닙니다. 그 사람에게 진심이라면 나에게 맞는, 그리고 그 사람에게 맞는 사랑을 하면 됩니다. 설령 내 마음이 상대방의 마음을 움직이지 못할지라도 그것을 실패라고 부를 수는 없을 거예요. 그 사랑을 통해 배우고, 다음에 더 나은 사랑을 하면 됩니다.

가장 중요한 것은 '내 마음'입니다. 상대방에게 사랑을 주고 싶다면 주면 됩니다. 다만 사랑을 줄 때는 그 사람이 원하는 방식으로 줘야 해요. 상대방을 배려하지 않는 사랑은 결국 폭력일 뿐입니다.

실패가 두려워 사랑을 시작하기도 전에 포기한다면 당연히 사랑은 시작될 수 없겠죠. 마음이 가는 사람이 있다면 당신이 할 수 있는 최선을 다해야 합니다. 그렇지 않으면 언젠가는 후회하게 되는 날이 올지도 몰라요.

# #
이럴 거면
헤어져

Q 저는 연애하면서 심하게 다툴 때면 항상 홧김에 헤어지
자고 말해서 이별한 경우가 많아요. 지금 남자친구와도
만난 지 6개월 정도 지나면서 다투는 일이 많아졌어요.
제 생일 때의 일이었어요. 남자친구가 제 생일인 걸 잊
고 다른 약속을 잡아 놓은 거예요. 결국 화를 냈어요. 그
랬더니 저녁이나 같이 먹자고 하더군요. 가장 화가 나는
부분은 화나고 속상한 마음을 표현했음에도 그 사람이
모른 척을 한다는 부분이에요.

**기분이 나빠서 헤어지자고 하고 싶은데, 또 홧김에 하는
말이 아닐까 싶어 참고 있습니다.**

연애를 하다 보면 생각보다 다툴 일이 많습니다. 가끔은 다툼 없는 연인이 더 이상하게 보일 정도 죠. 서로 다른 두 사람이 만나 한 사람처럼 생각하고 행동하기는 어렵습니다. 내가 당연하게 생각하는 것도 상대방에게는 당연하지 않을 수 있다는 걸 기억해야 합니다.

즉, 이 말은 내 생일에는 하루 종일 나와 함께 시간을 보내는 게 당연하다고 생각해도 상대방은 그렇지 않을 수도 있다는 말입니다.

남자는 왜 여자친구의 생일에 다른 사람들과 약속을 잡은 걸까요? 추측할 수 있는 이유는 다양할 겁니다. 여자친구의 생일을 깜빡 잊었을 수도 있고, 남자에게는 생일이 크게 의미 있는 날이 아닐지도 모르고, 그만큼 여자친구에게 관심이 없는 것일 수도 있겠죠.

하지만 자신의 속마음을 상대방에게 꺼내 놓지 않는 한 누구도 그 속마음을 알 수는 없습니다. 눈빛만 봐도 서로의 마음을 알아채는 연인도 있다지만, 그런 연인조차 상대방의 의도를 잘못 파악할 때가 있을 수밖에 없어요. 갈등은 그럴 때 시작됩니다.

다툼이라고 해서 전부 나쁘기만 한 건 아니에요. 중요한 건, 다투지 않는 게 아니라 그걸 얼마나 잘 해결하느냐에 달려 있습니다. 현명한 연인은 똑같은 문제로 여러 번다투지 않습니다. 갈등이 생겼을 때 대화를 통해 서로의속마음을 명확하게 이해하기 때문이죠.

아무리 사랑하는 사이라도 상대방과 나는 엄연히 다른인격체입니다. 연애란 그런 서로에게 나는 어떤 사람인지끊임없이 알려 주고, 상대방은 어떤 사람인지 끊임없이알아가는 과정이라고 생각해야 합니다.

"화가 날 때는 입을 막아라"

연애를 하다 보면 화가 날 때도 많습니다. 상대방이 내마음을 몰라주거나, 내게 관심이 없거나, 내가 원하는 것과 다른 반응을 보이면 화가 나기도 하죠. 하지만 화를 내는 것으로는 결코 문제를 해결할 수 없습니다.

그래서 화가 날 때는 오히려 입을 막는 게 좋습니다. 한유명한 심리학 실험에 따르면, 화가 날 때 샌드백을 때리며 화를 표출한 사람은 가만히 앉아 있던 사람보다 화가

지속되는 시간이 길었다고 합니다.

사람은 화가 났을 때 상황을 침착하게 판단하지 못합니다. 상대방과 나 사이에 생긴 문제를 해결하려고 하기보다는 내 화를 표출하는 데 온 신경을 집중하게 되고, 그러다 보면 실제로 화난 것보다 더 크게 화를 내기도 합니다. 당연히 갈등은 더욱 심해질 수밖에 없겠죠.

화가 난 상태에서는 가능한 한 대화를 하지 않는 게 좋습니다. 잠시 자리를 피하는 것도 좋은 방법 중 하나입니다. 갈등의 원인을 제공한 상대방도 나와 똑같은 사람입니다. 내가 화를 내면 상대방도 화가 나기 마련이겠죠. 갈등을 해결하고 싶다면 화를 내기보다는 화가 난 이유를 말해 주세요. 그저 화풀이하려는 게 아니라면 말입니다.

연인이 다투면 누가 잘못했는지를 따지는 경우가 많습니다. 마치 잘못에도 더 큰 잘못과 더 작은 잘못이 있는 것처럼 말이죠. 하지만 다툼의 원인은 둘 모두에게 있는 경우가 대부분입니다. 갈등의 불씨는 어느 한 사람이 지폈을지 몰라도 그 불씨를 잠재우지 못하고 더 크게 키운건 양쪽 모두의 잘못이라 할 수 있습니다. 상대방의 잘못만 따지다 보면 갈등은 점점 더 커지기만 할 뿐이겠죠.

자신의 인생에 아주 큰 열정을 가지고 살아가는 친구가 있었습니다. 연애를 할 때도 미리 만나기로 약속한 날이 아니면 연인이 자신의 시간을 방해하는 걸 좋아하지 않는 타입이었죠. 어느 날 미리 약속하지 않은 날임에도 연인이 찾아왔습니다. 선물을 줄 게 있다고 하면서 말이죠. 친구는 당연히 선물을 받으며 함께 시간을 보내야겠다고 생각했습니다. 하지만 연인은 친구에게 선물을 주고 마음에 들어 하는지만 확인하고 돌아갔습니다. 잠깐 시간 내줘서 고맙다는 말을 남긴 채 말이죠. 그 이후로 친구는 연인에게 더 많은 시간과 관심을 쏟기로 마음먹었다고 합니다.

이렇듯 연인과의 다툼이 싫어 일부러 갈등이 생길 상황을 피하는 사람이 있고, 화가 나면 상대방에게 모든 화를 쏟아 내는 사람도 있습니다. 또한 대화를 통해 갈등을 해결해 나가려는 사람도 있죠. 이 중에서 가장 현명해 보이는 건 누구인가요?

사람에게는 누구나 부족한 부분이 있기 마련이에요. 실수도 언제든 할 수 있죠. 하지만 상대방의 실수를 붙잡고 늘어지는 건 관계 개선에 결코 도움이 되지 않아요. 당신은 어떤 선택을 할 건가요?

# #
친구와
연애하는 거
아니라더니

Q 저는 지금까지 그럭저럭 괜찮은 인생을 살아왔다고 생
각했습니다. 하지만 30대 후반이 되면서 결혼에 대한
압박이 커졌습니다. 주변 친구들이 모두 결혼해서 가족
을 꾸려 가는 모습을 보는 것도 외로웠죠. 외로움이 커
질 때쯤 오랫동안 친구로 지내던 이성 친구에게 고백을
받아 연애를 시작했어요. 하지만 오래가지는 않았죠.

**그렇게 저는 친구와 연애했다 이별하며, 친구와 연인 모
두를 잃고 말았습니다. 반복되는 실패에 자존감도 점점
떨어집니다. 저는 어떻게 해야 할까요?**

실패를 반복하면 누구나 자존감이 떨어지기 마련입니다. 연애를 계속 실패하다 보면 다음 연애도 점점 두려워지죠. 하지만 이번에는 실패했다고 해도, 다음에도 또 실패하리라는 법은 없는 게 아닐까요.

한창 사춘기 때는 키가 훌쩍 크는 시기가 있습니다. 하룻밤만 자고 일어나도 키가 큰 걸 느낄 수 있을 정도로 빠르게 크는 사람도 있죠. 하지만 많이, 빠르게 클수록 고통도 크게 마련입니다. 사람마다 통증을 느끼는 정도는 다르겠지만, 이때 몸소 깨닫게 되죠. 성장에는 고통이 뒤따른다는 사실을.

연애도 마찬가지입니다. 처음부터 잘하는 사람은 당연히 없겠죠. 모든 사람이 연애를 반복해 보며 조금씩 더 나은 연애를 해 나갑니다. 연애는 딱 맞는 두 톱니바퀴가 맞물려 돌아가는 것처럼 자연스럽게 흘러가지 않는 법입니다. 애초에 맞지 않는 두 톱니바퀴가 삐걱거리며 돌아가기를 반복하다가, 시간이 흘러 조금씩 마모되어 어울려 돌아가는 것이 바로 '연애'입니다.

연애를 하다 보면 자신과 전혀 다른 타인과 맞춰 나가

는 방법을 깨닫게 됩니다. 그래서 실패를 할 때도 있죠. 실패만 생각하다 보면 연애가 두려워질지도 모릅니다. 하지만 연애를 하면서 나 자신을 더욱 깊이 알 수 있게 되고, 내게 더 잘 어울리는 사람을 찾을 수 있게 되기도 해요. 또한 내게 어울리는 사람과 잘 맞춰 나가는 방법도 터득하게 되죠.

처음부터 모든 부분이 딱 맞는 연인은 없습니다. 두 사람이 가진 톱니바퀴의 모양은 다른 게 당연합니다. 맞지 않는 톱니바퀴를 돌아가게 하기 위해서는 조심스럽게 서로를 맞추며 돌아가는 방법밖에 없을 겁니다. 그래서 연애가 어렵다고들 하는 거예요.

"성장에는 고통이 따르기 마련이다"

인간관계란 끊임없이 변화하는 것입니다. 어렸을 때부터 친했던 친구가 연인이 되기도 하고, 연인이었던 사람과는 관계가 끊어지기도 하고, 오랜 친구와 별 이유 없이 멀어지기도 하죠. 연애를 하다 보면 당연히 헤어질 수 있습니다. 친구와 연애를 시작했다가 헤어져 친구를 잃기도 하고, 연인에게 많은 시간과 돈을 쏟았다가 헤어져 그동안 상대방에게 쏟은 시간과 돈을 잃는 경우도 있죠. 연인과의 이별로 관계가 애매해지는 일은 얼마든지 생길 수 있습니다.

그렇다고 해서 모든 연애가 소모적인 것만은 아니겠죠. 연애하다가 헤어졌다고 그동안의 연애가 쓸모없어지는 게 아닙니다. 연애를 하며 자신의 취향을 파악하고, 상대방과 어울리는 법을 배우고, 행복한 추억도 하나씩 쌓아가게 되죠.

이별 또한 끝이 아닌 또 다른 만남을 의미합니다. 그러니 연인과 이별했다면 거기에 매달리기보다는 다음 만남을 준비하세요. 어떤 준비를 하느냐에 따라 다음에 만나는 사람도 달라질 수 있습니다.

자신의 의지보다 분위기에 휩쓸려 연애를 시작하는 사람은 생각보다 많아요. 그래서 연애하기 좋은 시기에 연애를 하는 사람보다 오히려 좋지 않은 시기에 연애를 시작하는 사람이 더 많습니다. 단순히 외로움을 달래기 위해 시작한 연애는 외로움이 사라지는 순간 의미 없는 연애가 되어 버립니다. 어떤 이유로든 외로움이 달래지고 나면 맨 처음 친구에게 고백할 때의 감정은 이미 사라지고 없을 확률이 높죠.

연애하기 가장 좋은 시기는 '혼자여도 충분히 괜찮을 때'입니다. 마음의 빈자리를 채우기 위해, 분위기에 휩쓸려서, 그저 상대방이 고백을 했다고 연애를 시작해서는 안 됩니다. 혼자여도 충분히 좋지만 함께이면 더 좋을 것 같을 때 연애를 시작해야 해요. 그래야 두 사람 모두 연애를 통해 더욱 행복해질 수 있습니다.

그렇다면 혼자여도 괜찮은 사람이 되기 위해서는 어떻게 해야 할까요? 바로 자신의 삶에 집중하는 사람이 되어야 합니다. 당신 스스로를 사랑하고, 당신의 일을 사랑하고, 당신의 주변 사람들을 사랑할 줄 알아야 합니다. 그렇게 스스로 빛이 나는 사람에게는 그 빛을 알아봐 주는 사람이 찾아오게 마련이거든요.

지난 실패가 다음 실패를 의미하지는 않아요. 연애하기 좋은 시기는 당신 스스로 만들어 가는 것입니다. 의무감으로 연애할 필요는 없어요. 지난 연애에서 당신에게 부족한 부분이 있었다면 다음 연애에서 보완하면 돼요. 지금보다 조금 더 나은 사람이 된다면, 지금보다 조금 더 나은 연애를 할 수 있지 않을까요? 혼자여도 충분히 괜찮을 때, 더 행복해지기 위해, 좋은 사람과 함께하세요.

# #
더 좋은
사람이
있지 않을까

Q 대학에 입학할 때부터 지금까지 저만 좋아해 주는 친구가 있어요. 벌써 두 번이나 제게 고백했지만 두 번 모두 거절했죠. 거절한 가장 큰 이유는 그 친구에게서 남자다운 면을 찾아보기 힘들었기 때문이었습니다. 그러다 얼마 전부터 그 친구의 순수함을 조금씩 알게 되었어요. 저만 바라봐 주는 모습을 보면서 조금씩 관심이 생기기 시작했죠. 얼마 전 그 친구가 다시 고백했어요. 친구가 마음에 들기는 하는데, 더 좋은 사람을 만날 수 있을 것 같아 고민 중이에요.

저는 어떻게 해야 할까요?

만약 내가 좋아하던 사람이 고백을 한다면 기쁜 마음에 단숨에 승낙할지도 모릅니다. 하지만 평소에 관심도 없던 사람이 고백을 한다면 거절하는 게 당연합니다. 고백을 승낙하는 일은 지금과는 다른 관계를 맺는다는 말과도 같기에 고민이 되는 건 당연합니다.

남녀가 연인이 되는 방법은 크게 두 가지가 있습니다. 둘 중 한 명이 고백을 하고 상대방이 고백을 받아 주거나, 서로 마음이 맞아 자연스럽게 연인이 되는 방법이 있습니다. 어떤 이유에서든 연인이 되기 위해서는 상대방에게 '난 당신에게 관심이 있다'는 마음을 전해야 합니다. 그런데 종종 먼저 고백하는 사람이 매력 없어 보이는 경우가 있습니다. 심지어 분명히 내가 마음에 들어 하는 사람인데도 막상 그 사람이 고백을 하면 매력이 반감되는 경우도 생기죠.

알랭 드 보통은 『왜 나는 너를 사랑하는가』에서 이렇게 말했습니다. 내가 짝사랑하는 사람이 내게 고백을 하게 된다면 '왜 저 사람이 날 좋아하지? 저 사람은 내가 생각하는 것만큼 멋진 사람이 아닌가?'라는 생각을 하게 된다는 것입니다.

하지만 상대방이 내게 먼저 고백을 했다고 내가 상대방보다 나은 사람이라고 단정 지을 수는 없겠죠. 상대방이 내게 고백한 사람이라는 사실보다는 상대방이 어떤 사람인지에 더 초점을 맞춰야 합니다.

보통 외모가 훤칠한 사람을 보고 '잘생겼다' '예쁘다'고 말하지, '좋은 사람이다'라고 말하지는 않죠. 즉, 좋은 사람을 만나기 위해서는 상대방의 겉모습만 보고 판단해서는 안 된다는 뜻입니다. 사람마다 중요하게 생각하는 부분은 다를 수 있어요. 하지만 분명 외모보다 중요한 것들이 있습니다.

연애 상대를 선택할 때 가장 중요한 바탕이 되는 것은 '경험'일 겁니다. 사람은 직접 경험해 봐야 더 잘 알게 되는 것들이 있어요. 연인의 경우도 마찬가지죠. 상대방이 어떤 사람인지, 무엇을 좋아하고 무엇을 싫어하는지, 함께 있을 때는 어떤지 직접 경험해 봐야 알 수 있습니다. 다만 명심할 것은, 한 번에 최고의 연애 상대를 만날 수는 없다는 점입니다. 연애는 최고의 연애 상대를 찾아가는 과정일 뿐임을 잊지 마세요.

연인을 선택할 때 이상형에 가까운 사람인지 여부보다 더 중요한 하나는 바로 상대방을 향한 '나의 마음'입니다. 이상형은 언제든 바뀔 수 있어요. 이상형에 가까운 사람을 만나도 나와 맞지 않을 수 있고, 이상형에 전혀 가깝지 않은 사람이라도 만나다 보면 정말 잘 맞을 수도 있거든요. 그래서 더더욱 연인을 선택할 때는 자신의 감정에 기준을 두어야 합니다.

만약 지금 마음이 가는 사람이고, 곁에서 지켜봤는데 점점 더 마음이 간다면 조금 더 가까이 다가가도 괜찮지 않을까요? 물론 선택은 온전히 본인의 몫이겠죠. 자신의 연애 상대는 스스로 신중히 생각해서 결정해야 결과 또한 스스로 책임지고 받아들일 수 있게 됩니다. 그러니 현재 자신의 감정에 좀 더 충실한 선택을 해 보세요. 최악의 결과라고 해 봐야 이별밖에 더 있겠어요?

누구나 멋진 사람과의 연애를 꿈꿉니다. 하지만 상상 속의 연애와 현실의 연애는 다를 수 있어요. 그 간극을 메우는 방법이 바로 경험을 쌓는 거예요. 연애의 횟수는 중요하지 않습니다. 어떤 사람을 만나서 어떤 연애를 하는지가 더 중요합니다.

# #
내가?
롱디 커플
가능할까

Q 얼마 전 휴가 때 해외에서 일하고 있는 친구를 만났어요. 그 친구는 제가 도착하는 시간에 맞춰 공항에 나와 짐도 들어 주고, 숙소에도 데려다 주고, 휴가 일정까지 짜 줬죠. 하루는 같이 저녁 식사를 하기도 했어요. 그런데 휴가를 마치고 한국으로 돌아오니 자꾸 그 친구가 생각나요. 어떻게 지내는지 궁금하기도 하고, 저를 어떻게 생각하는지도 궁금해요.

단지 특별한 경험이었기에 이런 감정을 느끼는 걸까요? 만약 연애를 해도 거리가 너무 멀어서 걱정이에요.

장거리 연애는 쉽지 않습니다. 게다가 상대방의 마음은 직접 대화해 보지 않는 한 알기 어렵습니다. 확신이 들지 않으니 선택이 어려운 게 당연합니다. 그런데 사랑을 시작하는 데 꼭 확신이 있어야 할까요?

대부분의 사람은 큰 확신 없이 상대방을 향한 호기심과 호감만으로 연애를 시작하곤 합니다. 한두 번 만나서는 누군가를 안다고 말할 수 없기 때문이죠. 상대방을 제대로 알지도 못하는데 확신을 가지고 만남을 시작할 수 있을까요?

그 친구의 의도는 무엇이었을까요? 무슨 생각으로 친구가 자신이 있는 해외로 휴가를 오는데 마중을 나가고, 휴가 일정도 짜 주고, 함께 식사도 하러 나왔을까요? 본인이 아니고서는 누구도 그 의도를 알 수 없겠죠. 먼 곳까지 온다고 하니 챙겨줬을 수도 있고, 원래 다른 사람들을 잘 챙기는 사람일 수도 있어요. 아니면 정말 마음에 들어서 챙겨줬을 수도 있겠죠.

'손바닥도 마주쳐야 소리가 난다'라는 말이 있습니다. 사랑도 마찬가지예요. 서로 손을 내밀어야 맞잡을 수 있어요. 상대방의 마음이 궁금하다면 다가가야 합니다. 직설적으로 상대방의 마음을 묻든지, 연락을 하면서 상대방의 마음을 알아보든지 해야겠죠. 서로의 마음도 모르는 상태로 혼자 고민만 해서는 절대 답을 찾을 수 없어요. 자신의 감정도 잘 모르고, 상대방의 감정은 더더욱 모른다면 그 어떤 결정도 내리기 어렵거든요.

연애를 시작하기 전에는 고민이 많은 게 당연합니다. 고려해야 할 부분이 많기 때문이죠. 그래서 나이가 들수록 연애가 더 어렵다고들 하는 것 같습니다. 대부분의 사람이 연애에 실패하지 않기 위해, 후회하지 않기 위해 많이 고민합니다. 하지만 고민을 많이 한다고 좋은 결정을 내린다는 보장은 없죠.

확신을 가지고 연애를 시작하기는 어렵습니다. 확신은 만남에서 시작되고, 서로 알아 가는 과정에서 다져지는 것이기 때문이죠. 하지만 사랑은 '확신'에서 시작되는 게 아니라 '관심'에서 시작됩니다. 상대방을 더 깊이 알고 싶다는 관심, 더 가까이에서 지켜보고 싶다는 관심, 상대방이 나를 어떻게 바라보는지에 대한 관심에서 시작돼요.

장거리 연애 문제도 비슷합니다. 연애를 하다 보면 가

끔씩 떨어져 지내고 싶은 마음이 들 때가 있을 수도 있어요. 하지만 처음부터 사랑하는 사람과 멀리 떨어져 지내기를 원하는 사람은 없을 겁니다. 사랑하는데 거리가 무슨 문제냐고 말하는 사람들이 있지만, 실제로 사랑에는 거리가 중요해요. 심지어 친구도 가까이 사는 친구를 훨씬 더 자주 만나는데, 연인이라면 조금이라도 더 가까이 있어야 하지 않을까요?

사람들이 장거리 연애를 말리는 데는 이유가 있습니다. 멀리 떨어져 있으면 당연히 얼굴을 자주 보기 어렵겠죠. 연애 초기에는 자주 만나는 것도 중요하거든요. 서로의 감정을 수시로 확인하고, 사랑을 쌓아 나가고, 서로의 다름을 이해해 나가는 과정이 필요하기 때문이죠. 장거리 연애를 하면 이 모든 것이 어려워지고 맙니다.

한참 떨어져 지내다 오랜만에 만나면 갈등이 생길 확률도 높아져요. 떨어져 지낼 때는 서로의 공간과 시간을 배려해 줄 수 있지만, 오랜 기간 떨어져 지내다 만나면 최대한 많은 시간을 함께하고 싶은 법이거든요. 혼자가 익숙한 사람에게 함께하기를 강요하다가는 관계가 틀어질 수도 있어요.

물론 장거리 연애를 하면서도 잘 지내는 연인이 있습니다. 한 연구에 따르면, 장거리 연애를 하는 연인들에게서 상대방을 더 이상적으로 인식하는 이상화 현상이 나타나는 경우가 있다고 합니다. 하지만 상대방의 실제 모습보다 왜곡해서 인식하기 때문에 좋은 현상이라고 할 수는 없겠죠. 장거리 연애를 잘 해내는 연인도 있어요. 하지만 그게 장거리 연애가 어렵지 않다는 말은 아닙니다.

어떤 선택이 옳을지는 아무도 몰라요. 게다가 장거리 연애라고 하면 주변 사람들이 더욱 말릴지도 모르죠. 하지만 당신의 연애는 어차피 당신이 직접 선택해야 해요. 평생 상대방의 마음을 모르고 사는 것보다는 시원하게 확인하고 연애를 하든 다른 사랑을 찾든 하는 게 좋지 않을까요.

# #

사랑하는데
헤어진다는
말

Q 1년 정도 만난 남자친구가 있었어요. 주위에서는 그렇게 매일 만나면 금방 질린다고 했지만 그런 일은 일어나지 않았어요. 하지만 저는 저만의 꿈이 있었고, 남자친구는 시험을 준비 중이라 집중해서 공부해야 했어요. 결국 저희는 잠시 이별을 선택했죠. 내년에 다시 보기로 했지만 사실 걱정이 많이 돼요. 헤어지는 게 맞는 것 같기도 하고 아닌 것 같기도 해요.

정말 사랑해도 헤어질 수 있는 걸까요? 아니면 서로를 향한 마음이 부족해진 걸까요?

'사랑해도 헤어질 수 있을까?'라는 질문은 끊임없이 논란이 되는 것 같습니다. 사랑하는 데 왜 헤어지냐고 말하는 사람이 있고, 사랑하지만 헤어짐을 선택할 때도 있다고 말하는 사람이 있습니다.

사랑함에도 헤어짐을 선택하는 사람은 크게 두 부류로 나뉠 수 있습니다. 여전히 상대방을 사랑하지만 어쩔 수 없는 이유로 헤어짐을 선택하는 사람과, 말로는 사랑한다고 하지만 마음속으로는 더 이상 사랑하지 않아 헤어짐을 선택하는 사람이 있죠.

아무리 서로 사랑한다고 해도 연애를 하면서 서로에게 안 좋은 영향만 주는 상황이라면 헤어짐을 선택할 수 있습니다. 상대방을 사랑해서 놓아주는 사람이 있고, 어떻게든 붙잡는 사람이 있죠. 누가 옳고 누가 그른 걸까요? 모든 상황이 똑같을 수는 없으니 무엇이 옳다고 섣불리 판단하기에도 어려운 면이 있습니다.

연인이 된다고 사랑이 스스로 자라나는 건 아니에요. 생명력이 강한 식물도 햇빛과 물이 없는 환경에서는 자라날 수 없는 것처럼, 사랑도 마찬가지입니다. 아무리 서로를 사랑한다고 해도 서로에게 끊임없이 관심을 쏟지 않으면 사랑도 시들기 마련이겠죠. 이별이란 서로를 향한 관심의 끈을 놓는 일입니다. 어떠한 이유로 이별했든, 서로를 향한 관심의 끈을 놓는다면 사랑은 자연스럽게 시들 수밖에 없어요.

사랑을 바라보는 시선은 사람마다 다릅니다. 사랑하면 무엇이든 가능하다고 생각하는 사람이 있고, 사랑을 위해 모든 것을 희생할 수 있다고 생각하는 사람이 있고, 사랑해도 어쩔 수 없는 이유로 이별을 선택할 수 있다고 생각하는 사람도 있어요. 사람마다 사랑에 대한 정의도 다르고, 사랑의 방식도 다르기 때문에 나만의 잣대로 다른 사람의 사랑을 판단해서는 안 될 겁니다.

사랑해도 헤어짐을 선택할 수 있어요. 우리는 모든 상황을 직접 경험할 수 없고, 모든 사람의 감정을 온전히 이해할 수 없습니다. 다만 연인 간의 선택은 다른 사람들의 이해를 구할 필요가 없는 부분입니다. 서로 만족할 만한 선택이라면 그걸로 충분하지 않을까요? 서로를 진심으로 사랑한다면 인연의 끈을 다시 이을 수 있는 길을 걸으면 됩니다.

헤어짐이라는 선택이 옳은지 그른지는 알 수 없어요. 일단 선택을 했다면 옳은 결과를 위해 무던히 노력했으면 좋겠습니다. 결국 결과가 좋으면 그 선택이 옳은 선택이 될 테니 말이죠.

#

이별할 때마다
을이 되는
나

Q 저는 얼마 전 만나던 사람과 이별했습니다. 그는 더 이
상 저를 좋아하는 마음이 없다며 헤어지자고 말했죠. 저
는 여전히 그 사람을 좋아했기에 홀로 마음을 정리하며
힘든 시간을 보내야만 했어요. 하지만 며칠 후, 결국 견
디지 못하고 다시 연락했습니다. 문제는 연애만 하면 비
슷한 패턴으로 끝난다는 점입니다. 헤어질 때면 이런 저
로 인해 서로에게 더 큰 상처를 남기고 헤어집니다.

저는 왜 매번 비슷한 형태로 헤어지는 걸까요?

연애를 하다 보면 다양한 이유로 이별하게 됩니다. 하지만 매번 비슷한 방식으로 이별한다면 자신도 모르는 이유가 있을지도 모릅니다. 그 이유를 제대로 살펴보지 않는다면 앞으로도 똑같은 이별을 반복하게 될 수도 있어요.

연인이 이별하는 데는 다양한 이유가 있습니다. 대부분 성격 차이로 헤어졌다고 말하지만 그 안에는 무수히 많은 이유가 존재하죠. 상대방에게서 더 이상 매력을 발견할 수 없어서, 다른 사람을 좋아하게 돼서, 상대방과의 갈등을 해결할 수 없어서, 가치관의 차이를 좁힐 수 없어서 등 수많은 이유가 있습니다.

만약 이별할 때마다 상대방에게 매달리는 사람이라면, 상대방을 향한 집착이 문제일지도 모릅니다. 집착은 사람을 지치게 하고, 질리게 하고, 답답하게 만들거든요. 한창 좋아 연애할 때는 큰 문제가 없을지도 모릅니다. 하지만 집착은 상대방의 감정을 조금씩 갉아먹기 마련이에요. 본인은 상대방에게 집착하는 모습이 이별할 때만 나타난다고 생각할지 모르지만, 사실은 연애하는 도중에도 이미 나타났을지도 모릅니다.

이별은 갑자기 찾아오지 않아요. 여지껏 쌓여 온 여러 가지 이유가 한 번에 나타날 뿐이죠. 사소한 행동도 쌓이고 나면 더 이상 사소하지 않은 일이 됩니다. 비슷한 이별이 반복된다면 반드시 이유가 있을 겁니다.

흔히 이별의 원인을 누군가의 탓으로 생각하는 경우가 많습니다. 상대방의 잘못으로 헤어졌다거나, 내 잘못으로 헤어졌다거나, 아니면 당사자가 아닌 제3자의 잘못으로 헤어졌다고 생각하는 경우가 대부분이죠.

이별의 원인을 누군가의 탓으로 돌리는 행동은 사람들의 가장 흔하고 쉬운 선택지입니다. 자신한테는 잘못이 없으니 상대방에게 미안해할 필요도 없고, 잘못된 행동을 한 적이 없으니 자신을 바꿀 필요도 없죠. 남 탓을 하면 상처도 덜 받으니 이별의 아픔도 조금은 덜 수 있을지 몰라요.

반대로 자기 자신만 탓하는 사람도 있습니다. 상대방과 헤어진 이유는 모두 자기 탓이고, 자신이 부족했기 때문이라고 생각하죠. 스스로를 탓하니 자존심에도 상처를 입고, 자존감도 떨어질 수밖에 없어요.

남 탓을 하는 사람들은 연애 상대를 여러 번 바꿔가며

자신에게 맞는 사람을 찾아다닙니다. 반면 자기 탓을 하는 사람들은 상처를 많이 받게 되죠. 반복되는 이별에 연애를 포기하는 경우도 많이 있습니다.

누군가를 탓하는 일은 정말 쉽습니다. 하지만 누군가를 탓하는 것보다 더 좋은 방법은 자기 자신을 바꾸는 거예요. 똑같은 이별을 계속해서 반복하고 싶지 않다면, 앞으로는 더 나은 연애를 하고 싶다면 스스로가 더 나은 사람이 되면 됩니다.

이별 자체는 당신의 잘못이 아니에요. 물론 상대방의 잘못도 아니죠. 그저 두 사람이 맞지 않았던 것뿐이에요. 그러니 너무 힘들어하지 않았으면 좋겠어요. 지나간 사랑은 다음 사랑을 위한 준비 과정일 뿐이니까요.

# #

부모님이
결혼을
반대할 때

Q 같은 회사에 다니던 남자친구가 일을 그만두고 사업을
시작했어요. 얼마 전 남자친구를 부모님께 소개할 생각
을 했죠. 하지만 부모님은 그 사람의 직업 때문에 반대
했어요. 물론 저는 제 남자친구를 믿습니다. 하지만 부
모님께 소개하기에는 걱정이 앞서네요. 미래가 불안정
한 건 맞으니까요.

저는 이런 상황에서 어떻게 해야 할까요?

부모는 자식이 편하게 살기를 바랍니다. 결혼 상대가 안정적이지 않은 직업을 가지고 있다면 걱정되는 게 당연하죠. 부모가 반대하는 결혼에는 그만한 이유가 있게 마련입니다. 하지만 부모라고 해서 언제나 옳은 판단을 내리는 것은 아닐 겁니다.

『90년생이 온다』는 90년대생들이 공무원을 선호하게 된 이유에 관해 이야기합니다. 한국은 빠르게 성장했고, 이 시기에 성장한 세대는 안정적인 직장을 가질 수 있었죠. 저자는 이를 에스컬레이터에 비유했습니다. 하지만 IMF 등의 경제위기를 겪으며 에스컬레이터는 더 이상 자동으로 움직이지 않았고, 그 시기를 보낸 부모 세대들에게는 직업 안정성이 무엇보다 중요할 수밖에 없었습니다.

하지만 부모 세대와 자식 세대는 서로 살아온 시대가 다르고, 앞으로 살아갈 시대도 다릅니다. 서로의 가치관은 충분히 다를 수 있고 온전히 이해하기 어려울지도 모르죠. 고정관념은 아무런 이유 없이 만들어지지 않아요. 그래서 고정관념을 깨기 위해서는 정말 많은 노력이 필요합니다.

먼저 당신이 가진 신뢰가 상대방을 향한 신뢰인지, 아

니면 희망인지 잘 생각해 봐야 합니다. 상대방이 진심으로 신뢰받을 만한 모습을 보일 때는 믿어 주는 것도 용기 있는 행동이 될 거예요. 하지만 당신 스스로가 연인에 대한 믿음에 확신이 없다면 부모님을 설득할 수 있는 방법은 아마 없을지도 모릅니다.

부모가 자식의 결혼을 반대한다면 연인을 향한 당신의 신뢰를 전해야 합니다. 평소 행실은 어떤 사람인지, 다니던 직장은 왜 그만뒀는지, 지금은 무슨 일을 하고 있는지, 어떤 목표를 가지고 있는지, 얼마나 노력하고 있는지, 당신에게는 어떤 사람인지 이야기해 줘야 해요. 그렇기에 당신이 연인을 진심으로 신뢰하고 있는지 여부가 중요하다는 겁니다.

물론 부모와 자식의 가치관은 다를 수 있어요. 당신이 연인을 신뢰하게 된 모습이 부모에게는 신뢰감을 주지 못할지도 모르죠. 부모에게 이해를 구할 수는 있겠지만, 그렇다고 해서 신뢰를 강요할 수는 없는 노릇입니다.

하지만 나와 생각이 다른 상대방을 이해시키기 위해서는 상대방을 먼저 이해하는 과정이 필요합니다. 부모님이 반대하는 정확한 이유가 무엇인지, 무엇을 걱정하는지,

어떤 사람을 원하는지 알아야 합니다. 먼저 상대방을 이해해야 상대방이 걱정하는 부분을 파악하고 해소할 수 있겠죠.

때로는 무슨 수를 써도 생각의 차이를 좁힐 수 없을 때도 있을 수 있어요. 부모와 자식 간임에도 대화가 통하지 않는다면 서로를 이해할 수 있는 방법이 묘연합니다. 누군가 일방적으로 상대방에게 이해를 강요한다면 대화로 해결하기 어려울지도 모르거든요.

그럼에도 내가 할 수 있는 최선을 다해야 합니다. 최선을 다해 신뢰를 전달했다면 나머지는 당신의 몫이 아닌 부모의 몫이 되는 거죠.

어른이란 자기 자신의 힘으로 선택하고, 자신의 선택에 책임을 지는 사람을 말해요. 성인이 됐다고 어른이 되는 것도 아니고, 결혼을 한다고 어른이 되는 것도 아니죠. 자신의 삶을 스스로 선택할 줄 알고 자신의 선택에 책임질 줄 알 때 어른이 됩니다. 가장 중요한 것은 당신의 선택이라는 점을 잊지 않았으면 좋겠어요.

# #

연애 초기로
돌아갈래

Q 저에게는 동갑내기 남자친구가 있습니다. 연애 초기에는 거의 매일 만날 정도로 서로에게 관심이 많았죠. 하지만 그가 조금씩 변하는 것 같습니다. 예전에는 늦게까지 데이트를 하고도 헤어지기 아쉬워 어떻게든 더 늦게 헤어지려고 했죠. 그런데 요즘은 많이 만나야 일주일에 세 번이고, 일주일에 한 번밖에 못 만날 때도 있어요.
물론 서로 바쁘고 각자 사정이 있으면 못 만날 수도 있죠. 그런데 남자친구는 예전과 달리 연락도 잘 안 해요.

연애 초반의 그 사람이 그리워요. 혹시 연애 초기로 돌아갈 수 있는 방법은 없을까요?

연애를 하다 보면 자연스레 연애하는 모습이 달라집니다. 그래서 연애 초기의 모습을 그리워하는 분들이 많습니다. 하지만 이미 지나간 시간을 되돌릴 수는 없습니다. 연애 초기의 모습만 생각하고 상대방을 만난다면, 짧은 연애만을 계속 반복하게 될지도 모릅니다.

사람은 변하지 않는다고 생각하는 사람들이 있습니다. 성격이나 취향, 가치관은 시간이 지나도 절대 변하지 않을 거라고 생각하죠. 하지만 살다 보면 좋아하던 것을 싫어하게 되기도 하고, 싫어하던 것을 좋아하게 되기도 합니다.

사람이 변하듯 사랑도 변하기 마련입니다. 연애도 결국 사람이 하는 일이니까요. 한 사람의 취향과 관심도 언제든 바뀔 수 있는데 두 사람이 하는 연애가 한결같을 수 있을까요?

연애 초기에는 연인들이 대부분 비슷한 모습으로 연애합니다. 서로를 열렬히 사랑하고, 잠시라도 더 붙어 있으려 하고, 어떻게든 자주 만나려 하죠. 하지만 인생에는 연애만 있는 게 아닙니다. 일도 있고, 공부도 있고, 가족도 있고, 친구도 있죠. 한 사람의 일상이 제대로 돌아가기 위해서는 골고루 관심을 쏟아야 합니다. 연애 초기에는 다른 관심을 조금 줄이고 연애에 조금 더 관심을 투자할 뿐이죠. 하지만 오로지 연인 하나에만 관심을 쏟는 걸 과연 사랑이라고 할 수 있을까요?

사랑하는 마음은 같아도 사랑의 방식은 언제든 바뀔 수 있습니다. 사랑을 하고, 다투기도 하고, 각자의 삶에 집중하다 보면 연애의 모습은 얼마든지 달라질 수 있죠. 중요한 것은 사랑의 방식이 달라졌다는 사실이 아니라 연인이 서로를 충분히 사랑하고 있느냐 입니다.

연애의 시작은 단지 '시작'일 뿐입니다. 연애를 시작하기 위해서도 많은 시간과 노력이 필요하지만, 연애를 시작하고 사랑을 쌓아나가기 위해서는 더욱 많은 시간과 노력이 필요하죠. 평소 여러 곳으로 분산되어 있던 관심을 한 사람에게 쏟아야 하고, 안 하던 행동을 해야 할 때도 있습니다. 그러다 보면 평소 자신의 모습과는 조금 다른 모습을 가지게 되기도 하죠. 무던한 노력 끝에 상대방의 마음을 얻게 되면, 그때부터는 원래 자신의 모습으로 조금씩 돌아가게 됩니다.

사람은 변하고, 사랑도 변합니다. 사랑하는 마음은 그대로일지 몰라도 사랑의 모습은 달라질 수도 있죠. 변하지 않는 사랑만을 찾다가는 항상 연애 초기를 넘기기 힘들 수도 있어요. 사랑에는 원래 노력이 필요한 법이니까요. 연애란 연인이 함께 노력하며 서로에게 가장 잘 맞는 사랑의 모습을 만들어가는 과정입니다.

물론 상대방의 마음이 변해 사랑의 모습이 바뀔 때도 있어요. 그 사람이 더 이상 이 사랑을 위한 노력을 하지 않을 때, 서로 더 이상 사랑을 쌓아갈 마음이 없다 확신이 든다면 그때는 헤어지는 게 낫습니다.

이상적인 사랑의 모습은 서로의 일상을 존중하고, 서로에게 신뢰를 주고, 함께 있을 때 연인에게 집중하는 모습일 겁니다. 각자의 인생이 있어야 그 사이에 두 사람의 사랑도 존재하는 법이죠.

사랑하는 '마음'에 변화가 있다면 분명 문제가 될 수 있어요. 하지만 단지 사랑의 '모습'이 달라진 것일 뿐이라면 크게 걱정할 필요 없지 않을까요. 연애를 하다 보면 사랑의 모습은 달라지기 마련이에요. 다만 어떻게 달라질지는 두 사람의 몫입니다.

연애만
시작하면
흥미가 식을 때

제 고민은 연애를 시작하기만 하면 금세 마음이 식어 버린다는 것입니다. 연애를 시작하기 전에는 정말 즐겁지만 연애를 시작하면 그 마음이 금세 사라집니다. 연애할 때마다 그렇게 제 마음이 식어 버리거나, 둘 모두 마음이 식어 이별을 하곤 했어요. 사귄 지 얼마 되지 않은 남자친구와도 만나면 괜히 돈만 쓰고, 그 사람의 마음도 식은 것 같고, 제 진로도 고민 되어서 이별을 생각 중이에요.

제 연애는 항상 이런 식이었죠. 제게 무슨 문제라도 있는 걸까요?

연애를 시작하기 전에는 상대방에 대해 잘 모르는 경우가 대부분입니다. 상대방이 어떤 사람인지, 내게 어떤 감정을 가지고 있는지, 두 사람의 관계는 어떤 모습으로 바뀔지 호기심이 가득합니다. 하지만 연애를 시작하면 그런 호기심은 하나둘 사라지기 시작합니다.

캐럴 드웩이 쓴 『마인드셋』에 따르면, 고정 마인드셋을 가진 사람은 파트너 간에 서로 도와서 문제를 해결하거나 관계를 발전시키는 것이 아니라 사랑을 통해 마법 같은 일들이 자연스럽게 일어나야 한다고 합니다. 하지만 성장 마인드셋을 가진 사람은 첫 만남부터 갑자기 불꽃이 튀는 경험을 하기도 하지만 마법을 기대하지는 않습니다. 좋은 관계를 오래 지속하기 위해서는 서로의 차이를 극복하기 위해 끊임없이 노력해야 한다는 사실을 알고 있기 때문이라고 하죠.

흔히 연애를 시작하기 전에 느끼는 감정이 연애를 할 때도 계속 이어질 거라고 생각합니다. 상대방은 언제나 나를 최우선으로 생각하고, 내가 부르면 언제든 달려오고, 나와 함께 있을 때 가장 즐거워할 거라고 생각하게 되는 거죠. 하지만 연애를 시작하기 전의 감정이 그대로 쭉 이어지는 경우는 많지 않습니다. 연인을 향한 감정은 수시로 변하게 마련이라, 심하게 다툴 때면 서로 안 좋은 감정을 품기도 하고 사랑을 확인할 때면 감정이 더욱 고조되기도 합니다.

연애를 시작하면 수많은 문제에 부딪히는 것은 당연할지 모릅니다. 하지만 중요한 것은 내가 그 문제를 해결하고자 노력하는지, 더욱 좋은 관계로 발전시키기를 원하는지의 여부이지 않을까요.

그렇다면 사람들은 왜 연애하는 걸까요? 당연히 좋은 감정이 바탕이 되어 연애를 시작하겠지만, 막상 연애를 하다 보면 불편한 점도 많습니다. 그럼에도 연애를 하는 이유는 사랑하는 감정 때문이겠죠. 사랑만큼 사람을 설레게 하는 감정은 또 없습니다. 상대방을 보고 있기만 해도, 곁에 있기만 해도 기분이 좋아지곤 합니다. 심지어 나를 사랑해 주는 사람이 있다는 사실 자체만으로도 행복이 느껴지죠.

하지만 자신이 연애하는 이유에 대해 스스로에게 질문을 던져 보는 사람은 많지 않습니다. 보통은 누군가를 좋아하는 마음에 연애를 시작하고, 상대방의 고백을 받아 연애를 시작하고, 외로운 마음에 연애를 시작하기도 합니다. 그러나 자신이 연애하는 이유를 명확히 알아야 어떤 사람을 만나야 할지, 어떤 연애를 해야 할지, 연애하며 문제가 생겼을 때 어떻게 문제를 해결해야 하는지 알 수 있어요. 자신이 연애하는 이유를 알지 못한다면, 연인과 갈등이 생겼을 때 굳이 갈등을 해결해야 할 이유를 찾을 수 없을지도 모릅니다.

연애를 시작할 때는 상대방의 현재 모습만 보고 그 사람을 판단하게 됩니다. 어떤 성격을 가진 사람인지, 어떤 능력을 가진 사람인지, 주변 사람들의 평판은 어떤지, 나를 어떻게 생각하는지 보는 거죠. 하지만 아무리 대단한 사람을 만난다고 해도 상대방의 좋은 모습만 보고 연애를 시작한다면 연애는 점점 힘들어질 수밖에 없습니다. 연애를 시작하기 전에는 몰랐던 상대방의 단점을 하나둘 알게 되고, 연애를 시작할 때 알았던 상대방의 장점은 점차 잊혀 가죠.

좋아하는 사람은 호감이 가는 사람이라고 말할 수 있습니다. 하지만 호감은 언제 사라질지 모르는 감정이죠. 그래서 우리는 사랑할 수 있는 사람을 만나야 합니다. 사랑할 수 있는 사람이란 오늘보다 내일 더 좋아할 수 있는 사람을 뜻합니다. 만약, 오늘보다 내일 더 좋아할 수 있는 사람과 연애한다면 연애가 점점 더 즐거워지지 않을까요?

당신은 당신의 연인이 될 사람에게 있어 가장 중요한 부분이 무엇이라고 생각하시나요? 당신이 중요하게 생각하는 부분을 상대방이 가지고 있고, 또 점점 더 나아지는 모습을 보인다면 그런 사람과 하는 연애는 점점 더 기대되지 않을까요?

# #
사내 연애는
힘들어

Q 직장에서 친하게 지내던 언니가 있어요. 어느 날 제가 팀을 옮기게 되었고, 새로 옮긴 팀에는 그 언니의 전 남자친구가 근무하고 있었어요. 얼마 후 그분이 제게 관심이 있다는 사실을 알게 되었고, 고민 끝에 연애를 시작하게 되었어요. 그 사이 언니는 만나던 남성분과 결혼했고, 결국 제가 연애를 시작한 사실도 알게 됐어요. 미안하다는 제게 괜찮다고 말하던 언니가 언젠가부터 회사 사람들과 제 남자친구에게 제 욕을 하고 다니기 시작했어요.

이미 결혼도 했는데 저한테 왜 그러는 걸까요? 일도 연애도 모두 지쳐 가고 있습니다. 제 선택은 잘못된 선택이었을까요?

누구에게나 첫 번째 연애가 있습니다. 첫 번째 연애가 있다는 말은 두 번째 연애도 있다는 말이겠죠. 누군가의 연인이었던 사람과의 만남이 잘못된 건 아닙니다. 우리는 대부분 과거에는 누군가의 연인이었던 사람과 연애를 시작하니까요.

아무리 친한 언니의 전 남자친구라고 해도 두 사람의 관계가 끝났다면, 더 이상 직장 동료 이상의 관계는 남아 있지 않은 셈이죠. 그러니 당신이 그 사람과 연애를 하든 싸움을 하든 제3자가 관여할 바는 아닐 겁니다. 이런 상황에서 자신의 전 남자친구와 연애를 한다고 다른 사람들에게 뒷담화를 하고 다닌다면 문제는 뒷담화를 하고 다닌 바로 그 사람에게 있습니다.

상대방의 행동을 이해할 수 없을 때는 직접 대화를 나눠 봐야 합니다. 왜 나를 그렇게 안 좋게 생각하는지, 왜 주변 사람들에게 험담을 하고 다니는지 직접 물어보는 게 가장 좋겠죠. 조금이라도 그럴만한 이유가 있다면 충분히 이해하고, 잘못이 있다면 인정하고 용서를 구하는 게 가장 최선의 해결법일 것 같습니다.

'잘못한 것도 없는데 꼭 그렇게까지 해야 할까?'라는 생각이 들 수도 있습니다. 하지만 서로 상대방 탓만 해서는 문제를 결코 해결할 수 없습니다. 상대방을 이해하고, 잘 못이 있다면 인정하고, 용서를 구하는 일은 결국 나 자신을 위한 일이 됩니다. 문제가 상대방에게 있다고 하더라도 그 문제 때문에 내가 힘들다면 직접 나서서 문제를 해결하는 편이 가장 좋죠.

물론 정중히 대화를 나누고 문제 해결을 위해 최선을 다했음에도 해결되지 않을 때도 있습니다. 충분히 노력했음에도 갈등이 해소되지 않는다면 피하는 것도 하나의 방법이 될 수 있어요. 때로는 도저히 이해할 수 없는 사람도 있고, 아예 대화가 통하지 않는 사람도 있거든요. 피할 줄 아는 것 또한 용기입니다.

어떤 선택을 하든 당시에는 무엇이 옳은 선택인지 정확히 알 수 없습니다. 현명한 선택이라고 생각했지만 결과가 안 좋게 나오는 경우도 있고, 잘못된 선택이라고 생각했지만 결과가 좋게 나오는 경우도 있습니다. 인간관계나 연애 문제는 나만 잘한다고 무조건 잘되는 게 아니기 때문에 더 어려운 것 같습니다.

인생을 살아가다 보면 다양한 관계를 경험하게 됩니다.

하지만 그 중에서도 무엇보다 중요한 관계는 지금 내 곁에 있는 사람과의 관계입니다. 소중한 시간을 낭비하지 않기 위해서는 방해가 되는 것들을 모두 치우는 게 좋아요. 지금 당신에게 가장 중요한 것이 무엇인지 생각해 보세요. 머릿속에 떠오른 것이 있다면 현재 그것을 위한 시간을 보내고 있는지 다시 한번 곰곰이 생각해 보세요.

만약 지금의 연애를 망친다면 당신의 선택은 잘못된 선택이었을 겁니다. 하지만 지금의 연애를 잘해 나간다면 그 선택은 옳은 선택이 됩니다. 당신의 선택이 옳은 선택인지, 아니면 잘못된 선택인지 지금 고민할 필요는 없습니다. 현재 당신이 할 수 있는 건 당신의 선택이 옳은 선택이 되도록 노력하는 길뿐이거든요.

본래 인간관계는 나 혼자 노력한다고 잘되는 게 아니에요. 연애 역시 마찬가지죠. 우리는 지금도 수많은 관계 속에서 살아가고 있어요. 그 많은 관계 중 어떤 관계에 더 집중할지는 당신의 선택이에요. 부디 소중한 관계에 더욱 집중할 수 있으면 좋겠습니다.

# #
넘사벽
사람을
좋아한다면

Q 몇 년 전부터 활동하던 모임에서 마음에 드는 사람을 만났습니다. 매너 있고, 능력도 있고, 주변 사람들까지 잘 챙겨서 모두가 좋아하는 사람이었어요. 문제는 저와 이루어질 가능성이 없다는 점이었죠. 그분은 지난 사랑에서 아픔을 겪고 지금은 독신으로 지내겠다는 생각을 가지고 있어요. 거기에 더하여 저는 20대 후반에 한 수술 때문에 아이를 가지기 쉽지 않은 몸입니다. 만나고 있던 남자친구와도 그 문제로 다투다 결국 헤어지게 됐죠.

그런 사람에게 제가 먼저 다가가도 괜찮은 걸까요?

자신의 부족한 부분 때문에 지난 연애에서 많은 아픔을 겪었다면, 다음 연애에서도 비슷한 아픔이 반복될 거라고 생각하는 사람이 많습니다. 하지만 과거의 결과가 미래의 결과를 보장하는 건 아니죠.

사람은 누구나 자신의 부족한 부분을 채우며 성장해 나갑니다. 본인의 잘못으로 흠이 생길 수도 있지만, 의도나 잘못과는 무관하게 흠을 가지게 되는 경우도 있습니다. 생각지도 못한 이유로 임신이 어려워지는 경우도 있고, 전혀 의도하지 않은 사고로 장애를 가지게 되는 경우도 마찬가지죠.

스무 살이 되기 전의 저는 책 한 권도 스스로 읽지 못하는 사람이었습니다. 성인이 된 후에야 깨달았죠. 그동안 허비한 많은 시간이 내게 부족함을 만들었다는 사실을요. 흠을 메우기 위해 난생처음 스스로 책을 읽기 시작했습니다. 책을 읽으면서도 내가 무엇을 좋아하는지, 무엇을 어떻게 채워나가야 할지 모르는 나날이 계속됐습니다.

하지만 몇 년 뒤, 책 한 권 스스로 읽지 못하던 저는 남들보다 책을 더 좋아하는 사람이 되어있었습니다. 흠을 메우기 위해 시작한 책 읽기는 인생의 길잡이가 되어주었고, 책 읽고 글 쓰는 사람이 되게 만들어 주었어요.

　누구나 자신만의 흠을 가지고 있게 마련이에요. 흠이 있다는 사실 자체는 문제가 되지 않습니다. 문제가 되는 것은 자신의 흠을 '변하지 않는 결함'이라고 여기는 마음가짐일 겁니다.

　사랑은 완벽한 두 사람이 만나서 하는 게 아닙니다. 불완전한 두 사람이 만나 서로의 부족함을 채워가는 것이 사랑입니다. 그러니 연애를 시작하기 전에 완벽한 사람이 되어야 할 필요는 없어요.

"서로의 부족함을 채워가는 것이 사랑이다"

　마음에 드는 사람이 있는데, 나와는 어울릴 것 같지 않은 기분을 느낄 때가 있어요. 나는 부족한 부분이 많은 사람인데 상대방은 완벽해 보이는 사람이라면 더더욱 그렇죠. 심지어 상대방이 연애에 전혀 관심이 없다면 다가가기조차 어려울지도 모릅니다. 하지만 혼자 잘 지내는 것처럼 보이는 사람도 외로움을 느낄 때가 분명히 있습니다. 그래서 혼자 살기로 결심한 사람들도 끊임없이 누군가를 찾곤 합니다.

가치관은 언제든 변할 수 있는 부분입니다. 확고한 신념을 가지고 있는 사람도 언제든 생각이 바뀔 수 있죠. 자신의 삶에 충분히 만족하고 있는 사람도 지금보다 더 만족스러운 삶을 경험한다면 다른 삶을 추구할 수 있겠죠. 좋아하는 사람이 독신으로 지내겠다고 해서 아무런 노력도 해보지 않고 포기한다면 후회하지 않을까요?

당신에게 어떤 흠이 있는지는 중요하지 않아요. 중요한 것은 상대방을 향한 당신의 마음이에요. 해보고 안 되면 어쩔 수 없지만, 해보지도 않고 그만두면 평생 후회할지도 몰라요. 마음이 가는 사람이 있다면 마음을 건네야 결국에는 좋은 인연을 만나게 되지 않을까 합니다.

# #
선물이
왜
부담스러울까

Q 저는 10살이 넘는 나이 차이를 극복하고 용기 내 연애를 시작했습니다. 가끔씩 남자친구에게 작은 선물을 주곤 해요. 취미로 만든 물건을 선물하기도 하고, 남자친구의 화장품이 떨어지면 몰래 사서 선물하기도 하죠. 그저 제가 좋아서 주는 선물인데 남자친구는 부담스럽다고 이야기해요. '뭐하러 이런 걸 주냐' '선물을 자꾸 주면 부담스럽다' 같은 말을 하곤 했죠. 선물을 주면 그냥 고맙다고 받으면 좋을 텐데 말이죠.

남자친구는 왜 선물을 부담스러워 하는 걸까요?

선물이라는 단어는 듣기만 해도 설레는 단어입니다. 하지만 언제나 그런 것은 아닐 수도 있습니다.

어릴 때 생일 파티를 열면, 친구들이 각자 선물을 하나씩 준비해 오곤 하죠. 친구들을 많이 초대할수록 선물도 많이 받을 수 있었습니다. 어릴 때 친구들이 주는 선물이라고 해 봐야 필통이나 볼펜 같은 소소한 것들이었지만, 선물을 받는다는 사실 자체로 언제나 설레는 일이었을 겁니다.

하지만 나이가 들면서 세상에는 공짜가 없다는 사실을 깨닫게 됩니다. 이번에 내가 선물을 받으면 다음에는 내가 선물을 줘야 하죠. 선물을 주는 사람도 자신이 선물을 받기 위해 주는 것은 아니었지만, 자신이 선물을 받을 차례가 됐을 때 상대방에게 선물을 기대하는 것은 당연했습니다.

어른이 된 다음의 선물은 조금 더 어렵습니다. 순수한 마음으로 준 선물도 상대방은 순수한 마음으로 받지 못할 때가 있거든요. 누군가 내게 선물을 준다면 상대방이 내게 원하는 것이 있는지 생각해 보게 되고, 다음에 나는 어떤 선물을 줘야 하는지 고민하게 됩니다.

물론 정말로 선물을 사는 데 돈을 쓰기보다는 본인이 필요한 걸 사는 데 돈을 쓰기를 바라는 경우도 있습니다. 또는 상대방을 향한 마음이 크지 않아서 선물 받는 걸 부담스러워하는 경우도 있을 수 있죠. 만약 상대방의 생각이 궁금하다면 직접적으로 물어보는 게 가장 낫습니다. 선물을 받으면 왜 부담스럽냐고.

만약 상대방이 부담스러워 한다고 해도 선물을 준 당신에게는 잘못이 없습니다. 대신 그 사람이 어떤 선물을 좋아하는지, 어떤 선물이 잘 어울리는지, 어떤 방법으로 주는 게 좋겠는지 앞으로 생각해 보면 됩니다.

만약 어떤 선물을 주든, 어떻게 선물을 주든 상대방이 부담스러워 한다면 당신이 주는 선물의 의미를 명확하게 전달하면 좋을 겁니다. 원하는 게 있어서 주는 선물인지, 그저 좋아서 주는 선물인지, 상대방에게 필요하다고 생각해 주는 선물인지 정확히 이야기해 보세요.

서로 이해할 수 없는 부분을 꾸준히 이해하려 노력해야 서로의 진심에 가까이 다가갈 수 있습니다. 이런 과정을 충분히 거친다면 서로 말하지 않아도 상대방의 마음을 어느 정도 알 수 있는 관계로 발전할 수 있습니다.

연인에게 선물을 주는 건 잘못이 아니에요. 하지만 언제나 더 좋은 선물과 방법이 있는 법이죠. 더 좋은 선물은 상대방이 원하는 선물이고, 더 좋은 방법은 선물과 당신의 마음을 함께 전하는 방법일 겁니다.

상대방이 진심으로 선물을 원하지 않는다면 굳이 줄 필요는 없어요. 선물을 부담스러워 하는 이유가 궁금하면 지레짐작하기보다는 직접 물어보세요. 당신이 선물을 주는 이유도 솔직하게 이야기하고요. 그러면 똑같은 선물이라 할지라도 받는 사람에게 있어서는 그 의미가 달라지지 않을까요?

# #
이별,
정말 시간이
해결해 줄까

Q 오래 만난 여자친구와 같은 목표를 바라보며 공부했습니다. 운 좋게 제가 먼저 합격했고 여자친구는 계속 공부를 해야 해서 주말에나 만날 수 있었죠. 그래도 만날 때마다 맛있는 것도 사 주고, 필요한 게 있으면 챙겨 주었습니다. 이후 여자친구도 시험에 합격했고, 둘 다 일을 시작하며 바빠지다 보니 서로에게 신경을 쓰기 어려워졌습니다. 결국 여자친구가 먼저 제게 이별을 말했어요.

이별한 지 반년은 더 지났지만 아픔은 여전히 사라지지 않았습니다. 시간이 조금 더 지나면 괜찮아지는 걸까요?

살다 보면 수많은 만남과 이별을 경험하게 됩니다. 만남이 결혼이라는 관계로 발전하기도 하지만, 그렇지 않고 이별하는 경우가 훨씬 많죠.

모든 이별에는 이유가 존재합니다. 성격 차이를 좁히지 못해 이별하는 경우도 있고, 사랑하는 마음이 식어 이별하는 경우도 있습니다. 결혼을 해도 언젠가는 모두 이별하기 마련이죠. 연인이 일방적으로 이별을 통보했다고 하더라도 분명 거기에는 이유가 존재하는 법입니다. 상대방이 자신과 더 이상 맞지 않는다고 생각했을지도 모르고, 말하지 않은 서운함이 쌓였을지도 몰라요. 어쩌면 상대방의 변화가 자신이 바라던 모습과 달라서일 수도 있고요.

이별을 예상하지 못한 상태에서 이별 통보를 받으면 누구나 힘들기 마련입니다. 누군가는 고민을 듣고 '그냥 잊어버리면 되지'라고 생각할 수도 있겠지만 이별의 아픔이란 건 그리 쉽게 잊히는 게 아니죠. 시간이 해결해 줄 거라고 아픔을 방치한다면 그 상처는 더욱 커질지도 모릅니다.

상대방이 먼저 이별을 통보했을 경우, 그 사람은 이미 오래전부터 이별을 준비했을지도 모릅니다. 당신에게 이별 신호를 조금씩 보냈지만 눈치 채지 못했을 수도 있고, 알고도 모른 척했을지도 모릅니다.

"모든 이별에는 이유가 있다"

우리는 몸에 상처가 나면 열심히 약을 바르죠. 하지만 마음에 상처가 생겼을 때는 시간이 알아서 해결해 주리라 믿고 방치하는 경우가 많습니다. 몸에 생긴 상처는 대부분 알아서 낫지만 마음에 상처가 생겼을 때는 제대로 돌보지 않으면 상처가 덧나거나 흉터가 남을 확률이 높아요.

심리학 박사인 가이 윈치는 가장 건강하지 않으면서 쉽게 습관이 되는 행동으로 '반추'를 꼽았습니다. 이별을 돌이켜보는 행동은 습관이 되기는 쉽지만 비싼 대가를 치를 수밖에 없다고 합니다. 실제로 오랜 시간 동안 속상하고 부정적인 감정에 휩싸일 경우, 우울증이나 알콜 중독 등의 질환에 걸릴 위험이 커진다고도 하고요. 많은 사람이 가장 쉽지만 가장 건강하지 않은 선택을 하는 셈입니다.

상처를 잘 돌보기 위해서는 먼저 마음을 정리할 충분

한 시간이 필요합니다. 내가 잘못했던 부분, 부족했던 부분, 상대방에게 아쉬웠던 부분을 돌아보고 상대방에게 고마웠던 기억을 떠올려 좋은 감정만을 남겨 보세요. 그 후, 상대방을 떠올리게 만드는 모든 흔적을 지우는 겁니다. 상처가 완전히 아물기 전까지는 상대방을 떠올리게 하는 모든 흔적을 지우고 피하는 게 가장 좋습니다.

흔적을 지웠다면 이제는 상처에 약을 발라 줄 순서겠죠. 함께 있으면 기분이 좋아지는 친구들을 만나고, 좋아하는 취미를 즐기고, 신나는 음악을 듣고, 땀을 흘릴 정도로 열심히 몸을 움직이다 보면 어느새 기분이 좋아진 자신의 모습을 발견할 수 있을 겁니다. 그저 시간에만 모든 것을 맡겨 두지는 마세요.

지난 사랑에만 매여 있으면 당신 자신도 잃고 다음 사랑도 잃을 수밖에 없습니다. 마음의 상처는 그저 시간이 지난다고 잊히는 게 아니거든요. 자신을 소중히 여기고 상처를 잘 돌봐 주기를 바랄게요.

# #
잘못된
사랑이란 걸
알면서도

Q 저는 아이들을 키우고 있는 돌싱입니다. 얼마 전 만나던 남자친구와 이별했어요. 남자친구는 저보다 연하였기에 결혼했었다는 사실과 아이가 있다는 사실을 숨기고 만났습니다. 멀리 떨어져 있어 주말에나 만날 수 있었지만 만날 때마다 거짓말을 해야 하는 상황이 생겨 짜증이 나기도 했죠. '그만 만나자'라고 생각하면서도 참 괜찮은 그 친구를 볼 때면 그런 생각은 금세 사라졌어요. 그러던 어느 날 크게 다툴 일이 있었고, 결국 이별까지 하게 됐어요.

저는 앞으로 연애를 할 수 있을까요? 이제는 그 친구를 잊어야 하는데 쉽지가 않네요.

돌싱이라고 연애를 하지 말라는 법은 없습니다. 이혼한 사람도 얼마든지 사랑할 수 있고요. 다만 문제가 되는 것은 서로에게 솔직하게 털어놓지 못하는 부분에 있을 겁니다. 나 자신에게도 떳떳하지 못한 사랑은 남들에게도 떳떳하지 못한 법이니까요.

누구에게나 감추고 싶은 비밀이 하나쯤은 있을 수 있어요. 완벽한 사람은 없거든요.

사람이라면 누구나 사랑을 하고, 사랑받기를 바랍니다. 이혼한 사람도 사람이에요. 이혼했다고 사랑을 하면 안 된다는 법도 없고, 다시 결혼을 하면 안 된다는 법도 없어요. 중요한 점은 모든 것을 무시하고 자신의 욕심만 채우려 해서는 안 된다는 부분입니다. 아이의 부모라면 당연히 아이도 챙겨야 해요. 아이는 혼자서 자랄 수 없으니까요.

또한 상대방을 속이며 하는 사랑 역시 옳지 못한 일입니다. 하지만 가끔 그런 간단한 진실을 잊어버릴 때가 있어요. 그러나 비밀은 언젠가 탄로 나게 마련입니다. 비밀을 숨기려다 보면 또 다른 거짓말을 해야 하고, 그렇게 쌓이고 쌓인 거짓말은 결국 상대방에게 더 큰 상처를 남기게 되기도 합니다.

덧붙여 비밀을 가진 상대와는 연애가 어렵습니다. 아무리 이해하려고 노력해 봐도 이해되지 않는 부분이 있기 때문이죠. 의심스러운 행동을 하는 사람을 얼마나 신뢰할 수 있을까요? 서로 신뢰를 쌓지 못하는 관계는 결국 해결되지 않는 갈등을 반복할 뿐입니다.

잘못된 사랑은 이별로 향할 수밖에 없습니다. 서로 솔직하게 대화를 나눠도 서로를 이해할 수 없을 때가 있는데, 누군가 비밀을 간직한 채로 연애를 한다면 과연 서로를 온전히 이해하고 사랑할 수 있을까요?

사랑은 떳떳하게 하세요. 자기 자신에게도 떳떳하지 못한 연애는 언제나 불안한 법입니다. 남을 속이고 시작한 연애에서는 온전한 행복을 누릴 수 없어요. 그러니 상대방에게도, 아이들에게도, 나 자신에게도 떳떳한 사랑을 하길 바랍니다.

고민으로 돌아가, 상대방을 잊는 게 어렵다는 말에는 충분히 공감합니다. 사랑을 한 번에 잊어버리는 마법 같은 방법은 없거든요. 그런 게 있었다면 사랑을 잊지 못해 힘들어하는 사람은 세상에 단 하나도 없었겠죠. 이별에 아파하고 사랑을 잊는 데 힘들어하는 건 자연스러운 일입니다. 이별에 아파하는 시간, 추억을 되돌아보는 시간, 마음을 추스르는 시간은 원래 힘든 시간이게 마련입니다. 하지만 우리에게는 반드시 필요한 시간이자 과정입니다. 그 과정은 다음에 더 성숙한 사랑을 하기 위한 준비 과정이 됩니다.

사랑했던 사람을 떠나보내고 싶다면 자신의 지난 사랑을 돌아보고, 행복했던 기억을 떠올려 좋았던 추억으로 잘 포장해 보세요. 그리고 그런 추억을 만들어 준 상대방에게 마음속으로 감사를 전해 보세요. 그런 다음 자신이 부족했던 점을 떠올려 같은 상황에 또다시 놓인다면 더 좋은 방법은 무엇일지 미리 생각도 해 보세요.

사실 중요한 건 떠나간 사람보다는 지금 내 곁에 있는 사람입니다. 내 가족, 내 주변 사람들에게 먼저 사랑을 쏟으세요. 내가 먼저 사랑을 건네면, 나도 사랑을 받는 사람이 될 수 있습니다. 그러면 다음 사랑은 분명 더 솔직하고, 더 멋지고, 더 아름다운 사랑을 하게 될 거예요. 아픔 위에 더 많은 사랑을 쌓아 나가는 나만의 방법을 찾으세요.

누구나 사랑받을 자격이 있어요. 이혼한 사람이라고, 아이들이 있는 사람이라고 사랑받을 자격이 사라지는 건 아니에요. 그러니 조금 더 솔직한 연애를 해보는 건 어떨까요? 당신이 먼저 사랑을 줄 수 있는 사람이 된다면, 당신에게 사랑받고 싶은 사람이 절로 찾아오지 않을까요?

당신도 누군가의
단 한 사람이
될 수 있습니다

많은 분들이 고민을 털어놓고 훌륭한 질문을 던져준 덕분에 많은 것을 배울 수 있었습니다. 만약 제 고민에 대한 답만 찾으며 살았다면 우물 안에 갇힌 개구리의 삶과 같았을 것입니다. 덕분에 조금 더 풍족한 마음을 가지고 살아갈 수 있게 되었습니다. 이 자리를 빌려 그동안 고민을 보내 준 분들에게 감사의 말씀을 전합니다.

세상에 쓸모없는 고민은 없습니다. 그저 고민에 대한 각자의 답이 있을 뿐입니다. 고민을 피하는 것도 하나의 답이 될 수 있고 고민을 가진 채 살아가는 것도 하나의 답이 될 수 있습니다. 그러니 고민이 있다면 마음껏 고민하길 바랍니다. 마음껏 고민하고, 끊임없이 좋은 답을 찾아가다 보면 분명히 원하는 인생을 살게 될 겁니다. 끊임없이 고민하는 삶만이 당신이 원하는 인생을 만들어 줍니다.

고민 상담은 대단한 사람만 할 수 있는 게 아닙니다. 상대방을 위한 멋진 조언도 필요 없습니다. 그저 상대방의 이야기에 진심으로 귀 기울일 자세와 당신의 일처럼 공감해 줄 마음만 있으면 됩니다.

혹시, 지금 당신의 머릿속에 떠오르는 소중한 사람이 있나요? 지금 바로 그 사람에게 '당신은 내게 소중한 사람입니다'라고 말하세요. 단 한 사람이라도 자신을 소중하게 생각하는 사람이 있다면, 그것만으로도 세상을 살아갈 아주 큰 힘이 될 수 있습니다. 소중한 사람이 행복해지면 당신 역시 행복해질 수 있을 겁니다.

당신의 고민을 들어드립니다
혼자라고 느껴질 때

1판 1쇄 인쇄 2020년 8월 17일
1판 1쇄 발행 2020년 8월 26일

지은이 조영표
펴낸이 안종남

펴낸 곳 지식인하우스
출판등록 2011년 3월 31일 제 2011-000058호
주소 04035 서울시 마포구 양화로7길 55(서교동) 신양빌딩 201호
전화 02)6082-1070
팩스 02)6082-1035
전자우편 book@jsinbook.com
블로그 blog.naver.com/jsinbook
페이스북 facebook.com/jsinbook
인스타그램 @jsinbook

ISBN 979-11-90807-12-8 03810